小学館文庫

私の夫は冷凍庫に眠っている

八月美咲

小学館

生ぬるい風に乗って炭坑節が聞こえてくる。そういえば今日は近くの広場で盆踊り大会をやっているんだった。節に合わせて日焼けしたカーテンが踊るように揺れた。

夏奈《なな》は窓際に立った。空を見上げると白い満月が見下ろしていた。

〝月が〜出た出〜た〜月が〜出た〜、あ、ヨイヨイ〟

「あ、ヨイヨイ」

口ずさみながら小さく踊った。そのまま踊り進む。

〝うちのお山の〜上に〜出た〜〟

夏奈は足元に転がった亮《りょう》につまずいてよろける。

小さな豆電球に照らされた亮の顔を覗《のぞ》き込む。白目を剝《む》き口からは泡を吹いている。

さっき夏奈が巻きつけた電気コードがだらしなく首から垂れていた。

睡眠薬を飲ませていたので女の夏奈でもなんとか絞め殺すことができた。

今晩亮を殺したのは計画的であったような、なかったような。睡眠薬を飲ませたのだから計画的といえば計画的なのだが、そのあとのことを夏奈は何も考えていなかった。

ずっと亮を殺したいと思っていた。それと同時に亮をどうしようもなく愛《いと》おしいとも思っていた。

夏奈は長い間この説明のつかない相反する感情に翻弄されていた。それは愛と憎しみは表裏一体などと言われるような、簡単な言葉で表せるものではなかった。

亮を憎いと思う時の夏奈の心のどこを探しても、亮への愛情のかけらなどありやしなかった。その反対に愛おしいと思う時は、亮と出会えたことを普段は信じてもいない神に感謝するほどだった。

水と油のように混じり合うことのないこれらの感情に、夏奈は苦しめられた。

昨日までは殺してやりたいくらい憎いと思った亮を、今日は食べてしまいたいくらい愛おしいと思ってしまうのだ。

もしかしたら自分は心の病気なのかもしれないと、心療内科を訪れたこともある。そしてどこにも問題はないと言われた。でももし心配ならと、睡眠薬を処方された。別に夜眠れない、などということはなかったので、睡眠薬はそのまま薬箱の中にしまっておいた。

今日亮に飲ませたのはその時もらった睡眠薬だ。一年半ほど前のもので、ちゃんと効くか心配だったが、ばっちり効いた。

一年半。

一年半で夏奈は悩みから解放された。夏奈の揺れ動く心はいつしか完全に憎しみへと傾いた。

憎しみが愛に勝ったのだ。最後に愛は勝たないのだ。勝つのは憎しみなのだ。

〝さぞや〜お月さん〜けむたかろう〜〟

「埋めないと」

夏奈は亮のそばから離れると、操られるように裸足《はだし》のまま外へ出た。

「どこかにシャベルがあったはず」

庭をさまよっていると、生垣の向こうから人の話し声が聞こえて来た。これから盆踊り大会に向かう親子連れのようだった。

そっと息を潜めて彼らが通り過ぎて行くのを待つ。

親子連れの声が聞こえなくなったら、今度は別の話し声が近づいて来た。

ダメだ、今日は人通りが多すぎる。こんな夜に庭に穴を掘っていたら誰かに気づかれてしまう。

何もしていないのに夏奈はいつの間にかぐっしょりと汗をかいていた。

暑い。さっきまでわずかにそよいでいた風が止まると、重い熱帯夜の空気がのしかかってくる。

確か盆踊り大会は明日も行われるはずだ。ということは、亮を埋めるのは早くても明後日《あさって》の夜になる。

今朝、冷蔵庫に入れ忘れた鶏《とり》の唐揚げが、すでに異臭を放っていたことを思い出す。ダメだ。明後日の夜なんて、それまでに亮も腐ってしまうかもしれない。それに浅い穴だと臭《にお》いが近所に漏れてバレてしまうかも知れない。よくあるではないか、異臭騒ぎで死体発見！　みたいな新聞記事が。掘るなら臭いが漏れない深い穴を掘らなければいけない。でもあまりにも深すぎると今度はバクテリアがおらず亮は分解されないのではないだろうか？　それはそれで困るような。

とにかく今日明日のことを考えなければ。バクテリアがどれくらいの深さまでいるのかは後からネットで調べたらいい。

でもどうしたら……。そうだ。あの鶏の唐揚げだって昨晩冷蔵庫に入れ忘れなければ腐らなかったのだ。

夏奈は家の敷地の隅にあるプレハブ倉庫の扉を開けた。入り口にシャベルが立てかけてあるのを確認すると、中へ足を踏み入れる。

工事現場のポール、薬局のカエルの人形、床屋さんのくるくる回っている奴《やつ》……ガラクタが雑然と積み上げられている。

これらは全て夏奈の祖父が集めたものだ。夏奈が幼い頃に亡くなってしまったので顔はうろ覚えだが、祖父がここでアイスキャンディをくれたことはよく覚えている。

大型の冷凍庫から、一本のアイスキャンディを取り出す血管が浮き出た祖父の手。その時祖父が夏奈に話してくれた、本当か嘘《うそ》か分からない話も覚えている。

業務用の冷凍庫は、近所にあった駄菓子屋さんから譲り受けたものだと、祖父は言った。長く店番をしていた駄菓子屋のお婆《ばあ》さんはその年のお正月、お餅を喉に詰まらせて亡くなった。主人がいなくなった駄菓子屋は閉店することになり、その時まだ使えるならと、祖父が家に持ち帰ったらしい。

夏奈が遊びに来ると祖父は、家庭用冷凍庫に入る数本のアイスキャンディをわざわざ業務用の冷凍庫に入れ、夏奈を喜ばせた。

『タエさんはそれはそれは餅のような色白でなぁ』

つまり祖父の初恋の相手が駄菓子屋のお婆さんで、そのタエさんの形見として業務用の冷凍庫を譲り受けたと言うのだ。

祖父の奥さん、夏奈の祖母は夏奈が生まれるずっと前に他界していた。人はいくつになっても初恋の相手が忘れられないのか、祖父の口にのぼるのはいつもタエさんの話だった。

夏奈は薄暗い倉庫を睨《にら》みつけるように見回した。

倉庫の片隅で埃《ほこり》をかぶった冷凍庫が目に止まる。近づいて大きさを確認する。体を折り曲げれば余裕で収まりそうだ。問題はこの冷凍庫がまだちゃんと動くかどうかだ。

コンセントにプラグを差し込む。長い眠りから目覚めたように、冷凍庫は低い唸《うな》り声をあげた。

夏奈は冷凍庫の中に顔を突っ込んだ。弱々しくはあるが冷気が夏奈の頰に触れる。

よし、ちゃんと動いている。

死んだ亮を引きずるのは大変だった。死ぬと三倍くらい重くなるのではないか？

魂が抜けた分軽くなるなんてことはない。

ふと部屋の四隅を順番に見やった。もしかすると亮が自分を見ているかも知れない。

臨死体験をした人がよく語っているではないか、死んだ自分を悲しむ家族を部屋の隅から見た、とか。もしそれが本当だとしたら、今、亮は自分を殺した妻をいったいどんな気持ちで眺めているのだろう。

「恨まないでね、あなたが悪いのよ」

夏奈は亮の遺体にではなく、部屋のどこかで見ているかも知れない亮に向かってそう言った。

幸い亮を引きずり庭を横切っている間は、誰かが家の前を通り過ぎることはなかった。手入れされていない鬱蒼《うっそう》とした生垣だが、覗かれたら危険だ。念のためにとシーツで包んだ亮は、ちょっと見ただけではなんだかよく分からない。

思ったより亮を運ぶのに手間取ったこともあり、冷凍庫を開けた時、中はキンキンに冷えていた。

亮の体をあちこちぶつけながら、どうにか中に押し込める。駄菓子屋の冷凍庫の中で胎児のように丸くなった亮に「おやすみ」と声をかけると、夏奈は倉庫の外へ出た。

亮を引きずる時にもずっと聞こえていた、盆踊りの節が今も止《や》まずに聞こえてくる。夏奈はそのまま通りへ出ると節の音色を追った。音が大きくなるにつれて、太鼓の音も聞こえてきた。人も多くなる。

路地の角を曲がった瞬間、目の前に煌々《こうこう》と赤く輝くやぐらが見えた。光に群がる虫のように人々が輪を作って踊っている。

〝あなたがその気で言うのなら〜思い切ります〜別れます〜〟

夏奈は輪の方に突き進んだ。

〝元の娘の十八に〜返してくれたら〜別れます〜〟

赤い光が眩《まぶ》しい。

夏奈は踊った。

痙攣《けいれん》する亮の瞼《まぶた》、宙をもがく手が夏奈の肩を摑《つか》む。夏奈はその手に嚙《か》みつき、引き剝がした。ゴツゴツした亮の手の、ごりっとした骨の感覚が歯先に伝わる。

死ね、死ね、早く死ね。

呪文のように呟《つぶや》き続けた。一瞬でも夏奈の手が緩むことはなかった。

死ね、死ね、早く死んでしまえ。

一層力を込めた。

〝お前の〜先坑夫《さきやま》〜仕事なら〜〟

夏奈は一心不乱に踊り続けた。首筋、背中、柔らかい内腿《うちもも》、つい三日前に亮が舌を這《は》わせたそこに、今はほとばしる汗がつたう。

〝わたしゃ～選炭～音頭とり～〟

汗とは違う熱いものが夏奈の頰を伝う。

これで私は自由だ。自由！

夏奈は声にならない歓喜の声をあげた。

ああっ――――。

下腹から突き上げてくる塊が、夏奈の体を稲妻のように駆け抜け、暗い夏の空へと上って消えた。


小さな手には大きすぎるりんご飴を持った女の子が、母親の手を引っ張る。

「ねぇねぇお母さん、あの女の人すごい」

少女はやぐらの周りで踊る人々のすき間をりんごで指す。

輪になった群衆の一部に、不自然にスペースができている。その真ん中に夏奈がいた。振り付けを無視し、勝手に踊り続ける夏奈は異様だった。夏奈を指差し笑っている人もいた。

「自由でいいわねぇ」

母親は娘の手からりんご飴を取ると一口齧《かじ》った。

「あんな風になれたら、お母さんももっと幸せになれたかも」

町内会のテントの下でだらしなく酔っぱらった夫の姿を一瞥《いちべつ》すると、母親は娘の手を引き、踊る群衆の中へとわけいった。


眩しくて目が覚めた。

時計を見ると午前十時を回ったところだった。隣に亮がいない。トイレにでも行っているのだろうかと思って、昨夜のことを思い出す。

ああ、亮は昨日私が殺したんだった。

夏奈はベッドから起き上がると浴室へ向かった。盆踊り大会から帰ってきて汗を流したが、朝起きるともう体がべとついている。

冷たい水を浴びる。

ああ、生き返る。

気持ち良すぎて昨日踊った炭坑節の一節が、自然と口をついて出る。

簡単にタオルで体を拭くと、ゆったりとした木綿のワンピースを着た。台所に行き冷蔵庫の中を確認する。昨夜の残りのカレーは食べる気がしない。もっとこう、体の中が清々《すがすが》しくなるようなものが食べたい。純和風の朝食でも作ろうか。

米を研ぎ炊飯器にセットする。その間に玉ネギ、ナス、油揚げの入った味噌汁《みそしる》を作る。シャケを焼き、納豆をかき混ぜ醬油《しょうゆ》、からし、ネギ、手で揉《も》みくしゃにした海苔《のり》を入れる。ご飯が炊きあがるのを待って、だし汁に味噌を溶き味噌汁を仕上げる。

「そうだ、そうだ」

夏奈は冷蔵庫の野菜室から大きめのタッパーを取り出す。蓋を開けると発酵したぬかの匂いが鼻をつく。

昨日取り出すのを忘れてしまったきゅうりが、ぐったりとぬかに漬かっている。亮が嫌いなので、夏奈は一人の時にこっそりぬか漬けを食べるようにしていた。それも今日からは、いつでも好きな時に食べられるというものだ。

まな板にきゅうりを横たわらせ、包丁で切っていく。

縁側に吊《つ》るした風鈴がチリンと鳴る。窓から外を見上げると、突き抜けるような青い空が広がっている。ご飯の炊ける優しい香りが漂ってくる。

ああ、こんなに静かで穏やかな朝はいつぶりだろう。なんの変哲もない平凡な朝なのだろうが、夏奈にとっては世界中の平和を集めたような朝だった。

その時だった、玄関の引き戸がガラガラと開く音がした。

ただいま、と声がしたような気がする。

誰かが勝手に家に入って来た？

玄関から台所へと続く廊下に足音が響く。

台所の入り口に吊るした珠《たま》のれんがジャラリと開かれる。夏奈はとっさに包丁を握りしめた。

「朝ごはんなに？」

ドスッ。

手から滑り落ちた包丁が、右足の爪先すぐ近くに突き刺さった。

亮！

「わっ、危なっ」

亮はするりと台所へ入ってくると、床に刺さった包丁を拾う。夏奈の横をすり抜け、包丁をぬか漬けが載ったまな板の上に置く。

「おえっ、ぬか漬け」

しかし味噌汁の入った鍋を覗きこむと、

「お、こっちはいいね」と呟いた。

亮のその一連の動作を夏奈は目だけで追う。体はさっきから硬直して動かない。

「夏奈もお茶飲むよね」

亮は急須にお茶っ葉を入れるとポットのお湯を注いだ。少し待ってからお湯で温めた二つの湯飲みにお茶を注《つ》ぐ。

これは夢か⁉　なんで昨夜殺したはずの亮が今、自分の目の前にいるのだ。

「どうした？」

お茶を啜《すす》りながら亮が上目遣いで夏奈を見た。

「生き返った？」

「は？」

亮は湯飲みを持ったまま炊飯器を開けた。

「もう食べていい？　腹へった」

亮は炊きたてのご飯を茶碗《ちゃわん》によそう。

「夏奈の分もよそっとこうか？」

夏奈は無言で頷《うなず》いた。

昨夜、亮を殺したと思ったのは夢だったのか？

亮の後ろ姿、その首筋は綺麗《きれい》なままだ。昨日は確かにあった。電気コードで絞めた、赤黒い跡がくっきりと。

夏奈は台所から飛び出し、そのまま家の外へと走り出た。

もしかして昨日殺したのは亮じゃなかったのか？　亮によく似た男を間違って殺してしまったのだろうか？　あり得ない。

倉庫の扉を開ける前に一度背後を振り返る。亮が追いかけてきていないのを確認して中へ入った。

冷凍庫に駆け寄り蓋を開ける。

いる。

昨日夏奈が押し込んだそのままの体勢で亮は凍っていた。うっすらと睫毛《まつげ》に霜がついている。頬を指先でつつくと固くて冷たかった。

こっちもちゃんと亮だ。間違いない。だとすると、あれはいったい誰だ？　亮の幽霊か？　生まれてこのかた幽霊なんて見たことないが、さすがに殺した相手は別格だろう。化けて出られるのも頷ける。

でもその割に恨み言を言うどころか、お茶を入れご飯までよそってくれた。そんな幽霊などいるのか？　幽霊ならこの冷凍庫の中の亮が本体なのだから、あっちは少しぐらい体が透けていたりするのでは？

あれは幽霊として正しくないような気がする。だが幽霊じゃないならなんだ？　そっくりさんの他人？　だったらあんな当たり前のように家に入って来たり、ましてや勝手にご飯を食べたりするだろうか？

殺したのに生きている。いや違う。この現象はどちらかと言うと、〝殺したら増えた〟が的確ではないか？

いやいやこれは現実だ。

亮はアメーバのようにちぎったら分裂する未知の生物だとでも言うのか。未知の生物だなんてまるでＳＦみたいだ。

まさか……。

背中に嫌な汗が流れた。

亮は宇宙人？

流れた汗が凍りつく。

苦しい婚活を経てやっと手に入れた結婚相手は、人は人でも宇宙人だったとでも言うのか？　なんだかとにかくひどすぎる。

でも確かに……あの亮との出会い方は怪しすぎた。

宇宙人……。地球人より、はるかに知的で底知れぬ恐怖を感じる。

地球で人を殺したら刑務所に入るが、宇宙人を殺したらどうなるのだろう？　宇宙刑務所なるものがあって、そこに入れられるのだろうか？　死刑もあるんだろうか？　あるんだったらどんなやり方なんだろう。地球人の夏奈には到底思いつかない残虐な殺し方だったらどうしよう。

ここで夏奈の思考が止まった。全身から再び嫌な汗が吹き出す。止めよう、そんなことを考えるのは。亮の宇宙人説はなしだ。でないと頭がおかしくなりそうだ。

深呼吸をしてみる。

とにかく、一旦戻ろう。

今度は冷静に——この状況で冷静になんてなれるわけないが——もう少し詳しくあの亮が何者なのかを観察しなければ。

夏奈はもう一度冷たくなった亮の体に触れると倉庫を出た。

もしかすると、亮はもういなくなっているかも知れない。

密《ひそ》かにそんな期待を胸に抱きながら台所に戻ると、亮が残り物のカレーを食べていた。

まだいる。

「食べないの？」

窮屈そうに椅子の上であぐらをかく亮の足は、日本人の割にはまっすぐで長い。

「うん、食べるよ」

夏奈は亮の横を通り過ぎる際、何気なくその肩に手をかけた。夏奈の手の平にしっかりと、男の厚い肩と生きた人間の温かい体温が伝わってくる。

やはり幽霊じゃない。

宇宙人の体温は何度ぐらいなんだろう……。

ダメだダメだ、宇宙人はなしだ。夏奈はその考えを振り払うように頭を激しく振った。

食事はほとんど喉を通らなかった。さっきまではあんなに清々しい気分で、久しぶりの和食をお腹《なか》いっぱい食べようと思っていたのに。亮は相変わらず、細身の割によく食べる。夏奈の作ったシャケや納豆も平らげていた。

目、鼻、口、少し茶色がかった髪、どれをとっても亮だ。亮以外の何者でもない。

爪の形までしっかり亮だ。

三年前に出会ったあの時から三年分だけ歳《とし》を取った亮が、目の前にいた。

夏奈と亮の出会い方はとても奇妙なものだった。あの時の夏奈はすっかり諦めていたはずの出会いに舞い上がってしまい、そんなことにはちっとも気づかなかったが、最初から亮は謎だらけの男だった。

夏奈がこの古い平家に住み始めたのは、亮と出会う半年前だった。元々この家は夏奈の祖父の物だった。

大好きだった祖父が亡くなった後そのままにしていた家に、夏奈は母と一緒に暮らしていた都心のマンションから、一人で引っ越してきた。

昔から一人暮らしをしてみたかったが、都内でそれをするには家賃が高すぎた。貸すのも売るのもぱっとしない、古い家を空き家にしておくのもと、母が悩んでいるのを見て夏奈は自分が住むと手をあげたのだ。

ずっと昔から夏奈には夢があった。それは結婚だった。結婚が夢だなんて時代遅れと言われるかも知れないが、子どもの頃から夏奈は人一倍結婚に憧れていた。

毎日の生活にさほど不満はないが、いつかは絶対結婚したい。結婚したら今の何倍も幸せになれる。夏奈はそう信じていた。

夏奈の母はいわゆるシングルマザーだった。それが結婚願望の強さの理由かと聞かれれば、母には悪いが否定はできない。

母は昔からあまりというか、ほとんど夏奈の父親の話をしなかった。

母に父のことを聞くと、『京大出の外科医、身長178センチ、体重69キロ、趣味は登山と美術館巡り』と、まるで結婚相談所のプロフィールに書いてあるような答えが返ってくるだけで、二人の思い出のエピソードなど一度も聞いたことがない。

母は仕事のできるとても優秀な人で、それに加えいつまでも若く美しい――夏奈の容姿は父の血を引いたと思われる――前に一度、街で仕事中の母を見かけたことがあるが、部下と思われる二人の男性を連れて歩く姿が眩しかった。

そんな母に言い寄ってくる男が時々いたみたいだが、母が相手にしているところを見たことがない。その気になれば結婚できそうなものを、色恋沙汰には全く興味がないようだった。

娘の夏奈はこんなにも結婚したがっているというのに。

仕事に忙しい母でも趣味は豊富で、母に言い寄ってくる男たちは、だいたい趣味を通して知り合った人たちのようだった。

ことごとく男たちを冷たくあしらう母を見て、母の中で恋愛感情は枯渇してしまったのだろうかと思えた。もしかしたら、元々母の中に恋愛感情などというものは存在しないのかも知れない。

自分が生まれたことが奇跡に思えた。

かつて母が父と恋に落ち自分が生まれ、何かの理由で父とは結婚することができなかった。そんなストーリーを母に重ねるのは難しかった。

もしかしたら自分は、精子バンクから精子をもらって生まれた子なのではないか。だから時々母は父の名を『ヒロヤ』と言ったり『ヒロシ』と言ったりするのではないだろうか？　自分が言い間違いを指摘してからは『ヒロ』に統一しているが、前に何度か間違ったことを、夏奈はしっかりと覚えている。子どもまで産み落とした相手の男の名前を、間違ったりするものだろうか。

一度『ケンジ』と全く違う男の名前を言われた時は、怖くて何も言えなかった。名前は間違うのに、京大出の外科医のくだりを間違えたことは一度もなかった。それは精子を選ぶ時に読んだ、父のプロフィールなのかも知れない。父の写真が一枚もないのも怪しい。

優秀な母と父の遺伝子を受け継いでいるはずだったが、夏奈はそれほど優秀ではなかった。学生時代の成績はそこそこ、就職先もそこそこ、それも一年で辞め、それからは派遣。

幸い母は母と同じような人生を、夏奈に押し付けることはなかった。夏奈に自分と同じようになって欲しくなかったのかも知れない。

夏奈の母は仕事に子育てにと、忙しい世のシングルマザー達の中でも誰よりも忙しそうに見えた。母は完璧主義者で、仕事だけでなく子育ても完璧にこなそうとした。

その結果、夏奈が小学六年生の時、過労で倒れた。その時夏奈は病室の椅子の上に正座して、母にこう言ったのだ。

「お母さん、私は一人でも大丈夫だから、お母さんはひたすら仕事に励んでください。お母さんは一家の大黒柱なんだから、お母さんに倒れられたら私も困ります」

今思えば、ませた子どもだったと思う。それでも母はそんな夏奈を見て、よくぞここまで育ってくれた、と思ったのだろうか。それからは仕事だけに集中するようになった。

夏奈は率先して家事をするようになり、母一人、子一人、二人三脚でうまくやってきた。

夏奈が亡き祖父のこの家に住みたいと言い出した時、母は態度にこそ出さなかったが、ひどく寂しがっていたのを夏奈は知っている。

母は一見、竹を割ったようなサバサバした性格に見えるが、寂しがり屋なところもある。

それでも夏奈は一人暮らしをしたいと強く思った。このままずるずると仲良し母娘《おやこ》で暮らしていたら、婚期を逃してしまいそうな気がしていたからだ。

いつか自分は結婚して温かい家庭を築く。結婚相手に多くは望まない。平凡でいい、優しい人だったら。浮気だって風俗やキャバクラに行くぐらいだったら、大目に見てあげられるだろう。

古臭いと言われようが、夏奈はそんな人生がいいのだ。

しかし早くから結婚を強く意識していたにもかかわらず、数少ない付き合った男たちは、夏奈が結婚という言葉を口にすると次第に離れていった。二十代前半とお互い若過ぎたのが原因だったかもしれない。

それからの数年間、焦りを感じ始めた夏奈は、婚活パーティなどに参加したこともあったが、結局結婚までたどり着く相手とは出会えなかった。

少なくない料金を払って結婚相談所に入会してみたりもしたが、紹介されるのは十歳以上も歳の離れた男性か、バツイチ子持ち、または今まで女性経験がほとんどないオタク気質な男たちばかりで、とてもじゃないが、この男たちと夜を共にすることなんてできないと思った。皆ちょっとではなく、だいぶ変な男たちばかりだった。

次第に夏奈は追い込まれていった。

何かにつけて『私は主婦だから』と言う同僚に、憎しみを感じるようになった。口ぶりこそ謙遜しているように聞こえるが、その顔は勝ち誇ったような表情を浮かべていた。そんな風に夏奈には見えた。夫の愚痴さえも自慢話に聞こえた。

その同僚が離婚した時も、バツイチを誇っているように見えた。バツは結婚しないと、つけられないと言わんばかりに。

認めたくはないが結婚している、したことのある女の全てが、自分より上に見えた。性格も悪く、見た目も決して褒められたものじゃない女が結婚していると、自分はこれ以下なのか、と夏奈は絶望した。

どうして自分は結婚ができないのか、自分のどこが悪いというのか？　きっと片親だからだ。そう思い母を責めてしまったこともあった。そして母に一喝された。

『馬鹿じゃないの？　選《え》り好みしてるからでしょ』

何も反論できなかった。

母の口調はきつかったが、ひどく哀《かな》しそうで、馬鹿なことを言ってしまったと、よけい落ち込んだ。

それに母に言われたことは、結婚相談所でも何度も言われたことだった。

『自分を客観的に判断して、身分相応なお相手を』

こんなにお金を払うのだから、これで理想の相手に出会えるはずだと、意気揚々と結婚相談所の扉を叩《たた》いた夏奈だったが、退会する時、自尊心はずたぼろだった。

入会した初日、希望する相手の条件をことごとく下げるように提案したアドバイザーを、鬼だと思った。気乗りのしない会食を重ね、その度に未来の夫の年齢は上がり、身長と年収は下がり続けた。

これ以上、上も下もないのではないかという極限に達しそうになった時、夏奈は見切りをつけて退会した。

結婚は結婚でも、夏奈がしたい結婚は、夏奈より年収が低い五十代の童貞かもしれないカバみたいな男とじゃない。高望みはしない。カバでも高収入か、フリーターでもそこそこのイケメンか、何か一つあればいいのだ。だがそれさえも許されないというのか。自分はそんなに市場価値の低い女なのか。

結婚相談所とは結婚相手を見つけるところではなく、自分がダメな人間であると洗脳されるところだと思った。

一緒に婚活パーティに参加していた独身仲間の友人から、結婚式の招待状が送られてきた時、夏奈は彼女の連絡先をスマホから削除した。

『このままずっとお互い独身だったら、二人で同じ老人ホームに入ろうね』

クリスマスイヴの夜、二人で鍋をつつきながら語った思い出を記憶から消したい。

惨めだ。惨めだ。惨めだ。

あまり飲めないお酒をがぶ飲みし、トイレで吐きながら眠った。

鏡の中の自分は今まで見た中で一番不幸に見えた。

皮肉なことに祖父の家に引っ越してきてからは、出会いの場もぐっと減り、都内で数多く行われている婚活パーティに、一人で参加するのも億劫《おっくう》になっていった。

すさんだ夏奈の心は時間と共に冷たく固くなり、もう自分は一生このままかも知れない、もうそれでもいいかも知れない、と結婚を半分諦めるようになっていた。

結婚どころか職場以外の場所で、最後に男性と話をしたのがいつだったか思い出せないくらいだ。結婚なんてゴールは、遠いどころかどんなに頑張っても、夏奈の人生にそもそも用意されていないのかも知れない。

母とまた一緒に暮らそうか。夏奈は思った。

そんなある日、夏奈は亮と出会った。

夏奈が亮と出会った、正しくは夏奈が亮を拾ったその日は、冷たい雨が降っていた。

散りかかっていた桜はその雨で一気に花びらをむしり取られ、濡《ぬ》れて人々に踏みつけられた花びらは、美しいとは言い難かった。花びらには小さな蕾《つぼみ》も混じっている。小さな蕾はただでさえ短い命のそれを、そのために生まれてきたものを、咲くこともできずに、濡れた地面に落ちて汚される。その惨めさが自分と重なった。

仕事帰りに同僚と遊びに行くわけでもなく、一人でどこかに立ち寄るわけでもなく、かと言って家に帰っても、何かが待っているわけでもなく、夏奈は持て余す一人の時間を無駄に消費するように、ゆるゆると雨の中を家に向かって歩いた。

駅から家までの間にある店で、夕食を取ることはほとんどない。他の人は知らないが、一人ラーメンや一人ファストフードでの夕食は孤独感が増す。だからと言って平日からちゃんとしたレストランで夕食を取るのは高くつく。家で作るのも面倒臭い。今日はコンビニとスーパーの惣菜《そうざい》、どっちにしよう。しょぼい二択だが夏奈はそれなりに真剣に考える。

どこかの家からお醬油の焦げた香ばしい匂いが漂ってくる。魚でも焼いているのか？　焼き魚なんて最後に食べたのはいつだろう。

一時期母は釣り好きの男性に気に入られ、毎週のように彼が釣った魚をもらっていた。

夏奈も母も最初こそ新鮮な魚を喜んで食べていたが、三ヶ月もするとさすがに飽きてくる。そもそも釣れる魚はその時の旬のものなので、同じ魚ばかりをもらうことになるのだ。

カレイだったら毎週カレイ。カレイの塩焼きにカレイの煮付け、カレイのフライ。最後の方は夏奈も母も文句を言いながら食べていたが、それでもあの時はあの時なりに楽しかった。

「今日の夕飯は焼き魚にしようかな」

夏奈は水色の傘をくるんと回す。

コンビニかスーパー、焼き魚だったらやっぱりスーパーかな、それと……。

今夜、母に電話しよう。

夏奈は手に持った傘の柄を握り直す。

また母と一緒に暮らそう。

結婚もしてないのに出戻りなんて、と夏奈は自虐的にひとり笑った。

もうどうでもいい。

そう思いながらスーパーへ向かう道を曲がった時、電信柱の陰に人影が見えた。

傘もささず、ずぶ濡れの男が立っていた。

夏奈は最初変質者かと警戒した。なるべく距離をおいてその横を通り過ぎようとした時、男と目が合った。

男は捨て犬みたいな瞳をしていた。髪も服もぐっしょりと濡れ、寒さで血色の悪い顔色をしているのに、澄んだ瞳がとても綺麗だった。

「あの、大丈夫ですか？」

気づいた時には男に傘をさしかけ、話しかけていた。

男を家に連れて帰ると、熱いお風呂に入らせ食事を与えた。男はお腹が空《す》いていたのか、冷蔵庫の残り物で作った焼き豚チャーハンをあっという間に平らげた。びしょ濡れだった捨て犬の毛が、乾いてふわふわになるように、男も生き返った。男はその澄んだ瞳にふさわしく、整った顔立ちをしていた。

男は終始無言だった。チャーハンを食べ終わった後、熱いほうじ茶を差し出すと、

「ありがとう」

初めて男は声を発した。優しい柔らかな声音だった。

夏奈は目の前のこの男のことをもっと知りたいと思った。なぜ雨に濡れてあんなところに立っていたのか、でもそれよりも前に、

「あなたの名前は？」

真《ま》っ直《す》ぐに夏奈を捉えた男の瞳が揺らいだ。男は唇を開こうとして、思いとどまっ

たようにそれを閉じた。逸《そ》らされた視線はわずかに泳いでいる。

「亮」

男は何かから逃げるように短く答えた。

これが夏奈と亮の出会いだった。


亮はそのまま夏奈と暮らし始めた。あまり多くのことを語りたがらない亮に、夏奈もあえて色々聞かなかった。聞くといなくなってしまいそうな、そんな危うさが亮にはあった。

それから夏奈の毎日は激変した。職場と家の往復だけだった色あせた毎日から、いきなりカラフルな、色と香りのついた躍動感あふれる毎日になった。

結婚を意識するあまり夏奈が長い間忘れていた感情を、亮は思い出させてくれた。

それは〝恋〟。

婚活パーティや結婚相談所で半ば洗脳されかかった夏奈が忘れていた、損得勘定のない人間関係。年齢、年収、将来の介護の云々《うんぬん》など、計算だらけの頭から解放され、ただ一途《いちず》に恋する気持ちだけに従う。

まるで初恋のように夏奈は亮にときめいた。

亮と暮らし始めて約一年後、二人は結婚した。

まさかの一発逆転大ホームラン。そしてまさかの恋愛結婚。婚活に染まった日々を長く過ごしたせいか、いつの間にか夏奈の選択肢から、恋愛結婚という言葉は消えていたというのに。

桜の木の下で亮からプロポーズされた時、夏奈は大泣きした。いつまでも泣き止まない夏奈を、亮は優しく見守ってくれた。

式や披露宴をやりたい気持ちもあったが、お金がかかりすぎるので止めた。夏奈はその時小さな運送会社の経理をしていたが、亮は定職につくことがなく、その日暮らしの日雇いバイトのようなことをしていた。

『俺は学歴がないから』が亮の口癖だった。

夏奈の母は、そんな亮について何か言うわけでもなく、『あなた達の好きなようにしなさい』と言ってくれた。母は高給取りだったが、昔から必要以上に、夏奈を金銭的に甘やかすようなことはしなかった。女ひとりで生きていくことの大変さを知っているだけに、そのあたりは厳しかった。それは夏奈が結婚してからも同じだった。

それでも亮は真面目に働き、夏奈は幸せだった。昔抱いていた理想の結婚とまではいかないが、ほぼそれに近い生活だった。

亮の選んでくる仕事は割がいいのか、夏奈の収入を少し上回るくらいにはあった。共働きだったが亮のために朝食を作り、時にはお弁当を持たせることもあり、亮の服や下着を洗濯し、夕飯は何を食べたいか尋《たず》ねる。

そんなささやかな毎日が幸せだった。

しかし、その幸せは長くは続かなかった。亮が毎日仕事に行かなくなったのだ。それまでいくつかの仕事をかけもちしていたが、次第に一つ減り二つ減り、そのうち週の半分くらいは家にいるようになった。稼いだお金は亮が全部遊びに使ってしまい、家に全くお金を入れなくなった。

その日も、夏奈が仕事から帰って来ても居間でゴロンと寝転びテレビを見ているだけで『おかえり』の一言も言わない。台所のテーブルの上には朝食を食べた後の皿がそのまま載っている。

テレビからお笑い芸人の面白くもないネタが流れてくる。ノリのいいリズムに合わせ、ネタの最後に『デーモン！　デーモン！』と繰り返す。最近流行《はや》っているようで、小学生が道端で歌っているのを何度か聞いたことがある。

そこから、『デーモン〇〇』という言い方が生まれた。女子高校生の間から広まったらしく、それまであった『鬼可愛《かわい》い！』の〝鬼〟の部分を〝デーモン〟に変えたものだった。本来は〝すごく〟の意味だが、やがてなんでもかんでも言葉の前にデーモンをつけるようになった。

　亮がテレビを見ながらギャハハと笑う。

『デーモン！　デーモン！　これデーモン面白くね』

目玉焼きの黄身で汚れた皿に大きな蠅《はえ》が止まっている。

　さすがに夏奈も腹が立った。

『仕事しないんだったら家事ぐらいやってよね』

　亮は面倒臭そうに起き上がると『分かった、分かった、デーモン分かった』と皿を流しに持っていき洗い始めた。

　それからというもの、夏奈は家事分担を強く主張するようになったが、亮は決められたことをやったりやらなかったりと、全く当てにならなかった。

　一度二人の結婚記念日だからと、その日仕事に行かない亮に夕飯の買い物を頼んだことがあった。しかし夏奈が帰ってきた時、亮は買い物をしてないばかりでなく家にもいない。その晩亮は酔っ払って帰ってきた。さらにあろうことか怒る夏奈に『いいじゃん、結婚記念日は来年もあるんだからさ』と言ってそのまま寝てしまった。

　そうかと思えば次の日、夏奈の好物のカスタードクリームと生クリームがたっぷり入ったシュークリームを買ってきて『結婚記念日のお祝いに一緒に食べよう』なんて白々しく言ったりする。

夏奈の中で何かが壊れたのは、やってはいけないと思いながらも、亮のスマホを隠れて見てしまった時のことだった。

そこには出会い系のアプリがずらりと並んでいた。

それからというもの、亮が仕事に行くと出かけて行っても、女に会いに行くのかと疑う毎日になった。

時々亮は夏奈の好きな食べ物を買ってきたり、時には小さな花束を買ってくることもあった。それは決まって亮が仕事だと言って出かける日だった。

女に会っているに違いないと夏奈は確信した。亮の中にまだ残っている罪悪感がそんなことをさせているのだろう。

亮の全てが嫌になってきた。洗濯物に出された靴下が裏返しなのを見て、キレそうになる。夏奈の財布からお金を抜き取りパチンコに行ったのを知った時は、亮の歯ブラシでトイレの便器を掃除してやった。自分より稼ぎが少ないくせに、偉そうな態度を取るのも気にくわない。

だが、そんな亮でも近所の評判は悪くない。『優しそうないい旦那さんですね』なんて言われるとやり場のない苛立《いらだ》ちを感じた。

夏奈の作った料理になんでもかんでもマヨネーズをつけるのも、次の日にこれ見よがしに手料理を作ってみせるのも、本当に陰険な男だと思った。『美味《おい》しいだろう?』と白い歯を見せるその顔は、意地悪な狐《きつね》に見えた。

しばしば亮は夏奈に手をあげることもあった。

最初は、亮が夏奈のために買ってきた下着を夏奈があまり喜ばなかった、というのが理由だった。

『恥ずかしい思いまでして、せっかく買ってきてやったのによぉ』と、亮は夏奈を殴った。

下着が欲しいと夏奈が亮に頼んだ覚えはなく、亮が勝手に買ってきた、それも黒と赤のレースのついたペラペラの下着だった。

突然降ってきた理不尽な怒りと暴力に、夏奈はただ驚き、されるがままとなった。

それがあってからというもの、亮が何かを買ってきた時は、夏奈は大げさに喜んで見せるようになった。

亮はDV男にありがちな『二度とこんなことはしないから』と、守れない約束をしてはそれを破り、次の日は人が変わったように、夏奈の顔にできた青あざを泣きながら撫《な》でたりした。

それでも夏奈が亮と別れようとしなかったのは、夏奈の結婚に対する執着、それだけだった。

夏奈ももう若くはない。亮と離婚したら、このあと他の男を見つけ結婚するのは無理かもしれない。なまじ婚活をした経験があるだけに、あれからいくつか歳を取り、ましてやバツイチになった自分が、まともな男を見つけるのは不可能に思えた。宝くじに当たるより難しいかも知れないと本気で思った。

今や家でゴロついている亮は、ゴミに出せない粗大ゴミ以下だった。粗大ゴミはまだいい、場所こそ取るが、ただそこにあるだけで害はない。悪臭を放つゴミもあるが、ゴミはゴミでもそれは粗大ゴミではなく、生ゴミだ。前は気にならなかった亮の体臭が、今は堪《たま》らなく臭く感じる。

粗大ゴミ以下の大型生ゴミのくせに、自分のほうが偉いと思って命令してくる。最初は対等だった亮と夏奈の関係は、いつの間にか亮が支配する側になっていた。

なんの生産性もない大型生ゴミのくせに。夏奈がいなかったらまともな生活もできないくせに。

許せなかった。

便器の周りに飛び散った尿を拭きながら夏奈は思った。

こんなはずじゃなかった。

憎み合う夫婦の話はいくらでも転がっていたが、過去の夏奈はなぜかそれを自分の未来に重ねることはしなかった。自分とは関係のない他人の話だと思っていた。自分に起こるはずのない出来事だと勝手に決めつけていた。

洗面所で手を洗いながら、ふと目の前の鏡を見た。昔唯一の独身仲間だと思っていた友人が結婚すると知ったあの日、自分は不幸のどん底にいると思った。結婚できたらどんなことがあっても独身よりも幸せだと信じていた。

今の自分はあの時より幸せか？

自分はずっとこのまま生きていくのか？　大型生ゴミに見下されながら。

結婚に人並み以上の執着がある夏奈だったが、一度だけたまらず『離婚』という言葉を口にしたことがあった。

その時夏奈は一年に一度の会社の健康診断で引っかかり、その後の検診で癌《がん》を疑われ、ひどく動揺していた。しかし――。

『生命保険入ってるか？』

それが、亮が夏奈にかけた言葉だった。

夏奈が絶句していると、

『なんだよ、怖い顔して、人が心配してやってるってのにさ、デーモンかよ』

亮は夏奈から小遣いをせびると、デーモン、デーモンと歌いながらパチンコに行ってしまった。

亮が心配しているのは夏奈の体のことではなく、夏奈がいなくなった時のお金のことだ。こいつは人の心を持っていない何かだ。大型生ゴミなんて生易しいものじゃない。鬼だ、悪魔だ、デーモンだ、お前こそデーモンだ！　デーモン亮だ！

逆に亮を生命保険に入らせて殺してやろうかと思った。

結局夏奈は癌ではなかったし、亮を生命保険に入れることもしなかったが、今となっては、あの時保険に入れておけばよかったと思う。

それでもあの時、夏奈は本気で離婚するつもりだった。実際に市役所に行って離婚届をもらってきたのだから。

だがテーブルの上に置かれた離婚届を亮は握りつぶして笑った。

『俺が夏奈と離婚するわけないだろ、愛してるのに』

このデーモンと一緒にいる限り、自分は未来まで支配される。夏奈の亮への憎しみに、真の殺意が芽生えた瞬間だった。

それからというもの、ほとんど会話もなく、顔もあまり合わせないような冷え切った関係だったものを、表面上だけは回復させた。

その方が亮を殺しやすいと思ったからだ。最初は毒殺してやろうと思っていた。気づかれないように毎日微量の毒を食事に混ぜるという、よくありそうな手だ。

ずっとどこでその毒を手に入れようかと考えていたが、あの日衝動的に亮への殺意が頂点に達し、睡眠薬を飲ませて絞め殺してしまった。

あの日、洗濯物を取りに庭へ出ると、ドドンと太鼓の音が聞こえた。盆踊り大会の始まりを知らせるものだった。

通りに出ると、金魚柄の浴衣を着た女の子が母親に手を引かれ、歩いて行く姿が見えた。

庭の隅には土を少しだけ盛り上げた、小さな山のようなものがあった。夏奈はその小山を見つめた。多分夏奈にしか分からない、小さな小さな山だった。

泣きながら土を掘る自分の姿がフラッシュバックした。冷たくざらついた土の感触が指先に蘇《よみがえ》る。夏奈は自分の手を見た。小さな手を握りしめる母親の手と、空っぽの自分の手。その手は土で汚れていた。

呼吸が浅く短くなる。

畳の上に転がったこけしの頭。消毒液の匂い。痛いほど腕を摑まれ引きずられる夏奈。荒々しい息と湿って濃くなった体臭。夏奈を見下ろす淀《よど》んだ目。その目、目、目。

家に戻って亮の食事に睡眠薬を混ぜた。亮の好物のカレーだった。亮は美味しそうにカレーを頰張った。

そして今、

殺したはずの亮が目の前にいる。そしてまたカレーを食べている。

幽霊でもない、もしかしたら宇宙……ダメ、ダメ。

夏奈は閃《ひらめ》いた。

そうだ！　これは夢だ！　夢に違いない。それ以外この状況をどう説明できるというのだ。なぜそんな一番初めに思いつきそうなことを、思いつかなかったのか。

夢なら早く覚めて欲しい。夢の中にいて意図的に目覚める方法はないものか。

素早くスマホの画面に指を走らせる。

『夢から意図的に目覚める方法』で検索する。

『心の中で私は今から目覚めると三回唱える』『息を限界まで止める』などが出てきた。

ある考えがちらりと頭をよぎる。

夢の中での情報が当てになるのか？

その時夏奈の目にある文字が飛び込んできた。

『夢か現実かを見分ける方法』

藁《わら》にもすがる思いでその文字をクリックする。

「さっきから何やってんの」

亮が怪訝《けげん》な顔をして夏奈を見ている。

殺したはずの亮が生きている。

それは紛れもない現実のようだった。

いや目の前にいるこの男は亮じゃないはずだ。亮は昨夜殺した。死体もちゃんと冷凍庫の中にある。じゃあいったいこいつは何者だ。なんで今こうしてここにいる？

まさか亮を殺した自分を殺しに？　正体を暴いてやる。

「ねえ、私が初めて亮に作ってあげたご飯、なんだか覚えてる？」

「焼き豚チャーハンでしょ」

「私またあれ食べたいなぁ、前に亮が買ってきてくれた私が好きな……」

「夏奈好きだよな、あのカスタードと生クリームが両方入ったシュークリーム」

夏奈は焦り始めた。その他にも色々と質問をしてみたが、一つを除いて、全て正解だった。

唯一外れた質問は、夏奈の使っている生理用品のメーカー名だった。

「知らないよそんなもん、アホ」

亮は小指で鼻をぽりぽりとかいた。亮が照れた時にする癖だった。

この男、紛れもなく亮だ。だとしたらやっぱり冷凍庫の中の亮が亮じゃないのか。自分は間違って赤の他人を殺してしまったのか。いや、昨夜のあれも絶対に亮だった。間違いない。

夏奈はあり得ないこの現実を受け入れるしかなかった。

朝食を食べ終わった亮は、いつものように居間でごろんと横になるとテレビをつけた。夏奈は食器を流しに運ぶ。背中でサッカーの実況を聞きながら汚れた茶碗を洗う。

今、あそこでだらしなく寝転びテレビを見ているのは、自分のはずだったのに。亮を殺して自由になったはずなのに。あの辛《つら》い日々は終わったはずなのに。亮の支配からやっと逃れられたはずなのに。

またあの地獄が始まるのか？

茶碗が手から滑り落ちた。落ちどころが悪かったのか茶碗は小さな音を立てて割れた。拾おうとして「痛っ」、指先にわずかに血が浮き出てくる。

夏奈は亮を振り返った。

もう一度殺そうか？

割れた茶碗を新聞紙で包む。

茶碗でさえ割れたらちゃんと割れたままなのに、なぜ亮は死んだままじゃないのだ。

指先の血はすぐに止まった。再び食器を洗い始める。

ふと背後に気配を感じた。

「夏奈」

ぴったりと夏奈にくっつくように亮が立っていた。

「流しっぱなしで洗うと水がもったいないよ」

後ろから伸びた亮の手が蛇口を閉める。

夏奈はおもむろに亮を見上げる。亮の少し茶色がかった瞳が夏奈を見下ろしている。

戦慄が走った。

俺は全てを知っている。

瞳がそう言っているように見えた。鋭い切れ長の目がゆっくりと三日月形になる。

「どした？」

笑っているのに睨んでいるようなその視線に、夏奈の体中の毛が逆立つ。体当たりするように亮を押しのけ夏奈は台所を出た。

やばい、やばい、やばい。

トイレに入ると鍵をかけた。この家で鍵があるのはトイレしかない。

どうする、どうする、どうする。

パニック状態の夏奈はどうにか冷静さを取り戻そうとする。

ああっ！　しまった！

夏奈は頭を掻《か》きむしった。

どうして自分はトイレなんかに逃げ込んでしまったんだ。外国のホラー映画なんかでよくあるではないか。殺人鬼に追われる主人公が外に逃げればいいものを、追い詰めてくださいと言わんばかりに狭い密室に逃げ込むシーンが。そんな場面を見る度に夏奈は『この馬鹿がっ！』と悪態をつき、自分だったらこうするああすると、勝手に得意げになっていた。

それが今、自分も映画の愚かな主人公と全く同じ事をしてしまっているなんて。

夏奈は反射的にトイレの小窓を見やった。

映画ではこの窓をいきなり叩き割られる、または……。

トイレのドアを凝視した。このドアに斧《おの》を突き立てられるかのどちらかだ。

「夏奈」

扉の向こうで亮の声がした。

夏奈は飛び上がった。

「ちょっと出かけてくる、夕方には戻るから」

しばらくすると玄関の引き戸が開閉される音が聞こえた。

夏奈は膝から力が抜けその場にへたり込んだ。何気なく見ると、便座が上げられたままの便器が目に飛び込んでくる。何度言っても、亮は用を足したあと便座を下げない。周りには飛び散った黄色い尿のシミがこびり付いている。

もう一度殺《や》るしかない。

でもそれでまた三人目が現れたらどうする。いや、その時はその時だ。このままでは生きた心地がしない。それでは亮と立場が逆ではないか。

夏奈はそっとトイレから出た。息を潜めて亮が家にいないか確かめる。

それからもう一度倉庫へ行き、冷凍庫の中の亮を確認する。その目はしっかりと閉じられていて、首には赤黒い電気コードの跡がついている。

亮を絞め殺したあの瞬間、夏奈が感じたものは大きな解放感だった。光に包まれたような温かいそれは幸福感にも近いものだった。

自由、それだけで人は何も持っていなくとも、生きる喜びを感じることができるのだ。

亮に出会う前の夏奈が当たり前のように持っていたもの。亮と出会ったことで奪われ、亮を殺し自らの手で奪い返したもの。

先ほどの亮を思い出す。

夏奈を見下ろすあの目。自分はなんでも知っていると言わんばかりの目。支配者の目。

だが今、夏奈を突き動かしているのは、亮から受ける恐怖ではなく亮を殺した時に味わった、幸福感にも近い解放感だった。

あれをもう一度手に入れたい。

そのためには、もう一度亮を殺さなければ。

冷凍庫の中の窮屈そうに丸くなった亮。殺すのはいいがここにもう一人の亮を押し込めるスペースはない。それにもしかしたら三人、四人と増える可能性もある。

念のため冷凍庫にカビ臭い毛布をかけ、その上に薬局のカエルの人形を載せた。

今回はもっと計画的にやろう。睡眠薬を飲ませて電気コードで絞め殺すところまではいい。殺した後の死体の処理について考えてから実行しなければ。

いろいろ考えたが、やはり家の敷地内に埋めるのが一番バレないという結論は同じだった。家の外に持ち出し処理するのは不可能。そういうのは持ち家を持っていない犯人がすることだ。

犯人。

そうだ自分は殺人犯なのだ、それも夫殺し。

日本の警察の検挙率は世界でもトップレベルだという。が、それは事件になってからの話だ。世の中に表に出ない犯罪はごまんとあるはずだ。

幸い亮には友人らしい友人もいないし、親戚の話なども聞いたことがない。そもそも身元のはっきりしない男だ。それらのことが全く気にならなかったと言えば嘘になるが、目の前の生活を送る上で問題にはならなかった。

それがこんな状況になって幸いするとは。自分さえ黙っていれば亮が死んだことは誰も気づかない。

とにかく亮が二人いる。両方とも本物の亮だ。自分が今集中しなければいけないのは、冷凍庫の中の亮と、もう一人の亮をどうやって処分するかだ。

　家に入ろうとして庭の開けっ放しの門扉に気づく。木製で古いそれは蝶番《ちょうつがい》が取れかかっているため、ちゃんと閉めないとすぐに開いてしまう。何度言っても亮は開けっ放しで出ていってしまう。

　門扉を閉める。

　もう二度と帰ってくるな、帰ってこなくていい。帰ってきたらまた殺すぞ。

「おはようございます、今日も暑いですね」

　不意に声をかけられ驚いて見ると、お隣さんだった。もう慣れたが相変わらず一般常識とはかけ離れた格好をしている。

　奇抜な服装の上にお気に入りなのか、いつも黒いレースに青と緑の目玉のような模様が入ったショールを羽織っている。まるで「孔雀《くじゃく》」みたいだ。

　孔雀の職業はミステリー作家だと聞いた。

「おたくのナツダイダイ、今年もたくさんなってますね〜」

「ナツダイダイ？　あ、夏みかんですね」

　夏奈は庭を振り返った。大きな夏みかんの木に黄色い実がたわわになっている。生垣と同様、大した手入れをしなくても毎年食べきれないほどの実がなる。

「後でおすそ分け持って行きますよ」

なんか催促したみたいで悪いわねえ、と言いつつ孔雀は門の前から動こうとしない。そればかりか、倉庫の方をじろじろと見ているような気がする。

「あ、あの今は忙しいんで、後から持って行きますので」

「夏奈さんは働き者だからねぇ、お手を煩わせるのも悪いから、旦那さんにお願いしたら？」

目的は夏みかんではなく亮か。

「亮は今ちょっと出かけていますけど、帰って来たら持って行かせますね。あの私、お鍋を火にかけたままなので、これで――」

適当な理由をつけ、孔雀から逃れ家に入る。

それにしてもさっきの孔雀の視線が気になる。あれは絶対に倉庫の方を見ていた。そもそも夏みかんがなっているのだって、外からはぱっと見よく分からないはずだ。

孔雀の存在は危険だ。そもそも職業がミステリー作家というのがよくない。そうそう近所に作家が住んでいることなんてないだろうに。

庭に亮たちを埋めるのは止めた方がいいかも知れない。だったら家の中はどうだ？

昔読んだ小説で、主人公が畳を剝がして床下に穴を掘る話があった。

そうだ、それがいい。

とりあえず冷凍庫の中の亮はあのままにしておいて、今生きている亮を殺して床下に穴を掘って埋めればいい。

穴を掘るのに数日かかったとしても、この際多少の腐敗は仕方がない。よし、そうしよう。そうとなればどの部屋に亮を埋めるかだ。

夏奈は家の中を歩き回った。結果として仏壇のある六畳間が一番良いように思えた。仏間に死体を埋めるなんて不謹慎だが、夏奈が普段あまり使わないのはその部屋だけだった。さすがに死体が埋まっている上で食事をしたり寝たりするのはいやだ。

試しにちょっと畳を剝がしてみよう。

それからしばらく夏奈は畳と格闘してみた。尋常じゃない汗が体中から吹き出る。

「暑いっ」

夏奈はたまらずに窓を開けた。目の前に生垣が迫り、その向こうに隣の家の窓が見えた。

ガラリとその窓が開く。

「あらっ」

手に風鈴を持った孔雀と目が合った。

「いつも使ってる書斎は暑すぎるから、夏の間だけはこっちの部屋で仕事をしようと思って」

日当たりが悪いせいか、目の前の生垣は貧弱で、ほとんど目隠しの役割を果たしていない。

孔雀は窓に風鈴をぶら下げると、指で触れてチリンと鳴らした。

家にエアコンぐらいつけろよ。

夏奈は心の中で毒づいた。そういう夏奈の家にもエアコンは一台もなかった。祖父が嫌ったのもあるが、夏奈も同じだった。

「私エアコンは苦手でねぇ、それに夏はやっぱり風鈴、うちわ、あっても扇風機ぐらいじゃないと夏の風情が味わえないからねぇ、物書きとしてはそういう感性を失ってはねぇ」

ミステリー作家にそんなもん必要なのか。

夏奈は愛想笑いを返すと、しずしずと窓を閉めた。

「ナツダイ、急がなくていいから」と孔雀の声が聞こえた。

窓を閉めるとさっきより仏間の室温が上がっているような気がした。閉め切ったこの部屋で穴を掘ることを想像しただけで、また汗が吹き出した。

夏の間は無理だ。

夏奈は台所に行くと冷蔵庫の扉を開ける。中から炭酸水を取り出し、ペットボトルから直接がぶ飲みした。

あの孔雀……。もしかして全てお見通しなのではないか？

夏奈と亮の不仲を前々から知っていて、昨夜庭でシーツにくるんだ亮を引っ張っている姿を目撃されたのかもしれない。だからさっきあんなにじろじろ倉庫の方を見たり、亮に夏みかんを持って来させようとしているのだ。そして想像力をめぐらし死体をどこに埋めるか推理した結果、仏間を突き止め、わざと目の前の部屋に自分の書斎を移した。

たいした想像力だ。でも亮に夏みかんを持って行かせたら、さぞかし驚くだろう。その姿を見たくもある。

思わず口元が緩む。お腹がぐーっと鳴った。朝起きたばかり、あの亮が出現する前までにあった食欲が戻ってきた。

味噌汁を温めなおし、冷蔵庫からおかずの入った皿を取り出す。さっき食べ残したご飯をレンジでチンし、一心不乱に食べた。

結局、考えに考え抜いた結果、二人目の亮を殺すのは夏が終わるまで待つことにした。孔雀の目を盗んで死体を埋めるには、焦らずチャンスを待つしかない。

庭で夏みかんをもいでいると、急に雲行きが怪しくなり、激しい雨が降り出した。急いで家の中に入る。雨は窓の外が白く霞《かす》むほどの激しさだ。これで少しは涼しくなるだろうか？　すでに小さな水溜《みずたま》りが幾つかできつつある庭を眺める。

亮は傘を持って出かけてはいないはずだ。別に亮が雨に濡れようが、どうなろうが構いはしないが。

一瞬辺りが白く光ったかと思うと、ドンッ！　とすごい音がした。近くで雷が落ちたのだ。せっかくだったらこの雷に打たれて亮が死んでくれればいいのに。

ガラリと玄関の引き戸が開く音がした。

「ひゃぁ～、濡れた濡れた～、夏奈～タオル～」

帰ってきやがった。雷に打たれなかったのか。

そんなに上手《うま》くはいくまいと思っていたが、やはり落胆した。

タオルを持って玄関に行くとずぶ濡れの亮が立っていた。

「急に降ってきたからびっくりしたよ～」

亮はその場で着ていたTシャツを脱ぎタオルを受け取る。細身だがいい具合に筋肉がついている。

「どこかで雨宿りしてくればよかったのに」

こんな夕立はすぐ止むのだから。

「夏の雨に濡れるの好きなんだ。気持ちいいからさ」

子どもみたいだな。ほんと、雷に打たれればよかったのに。

「雨が止んだらでいいんだけど、お隣さんに夏みかん持って行ってくれる？」

「いいよ〜」

亮が穿《は》いているデニムに手をかけたところで、夏奈は背を向けた。

案の定、雨はすぐに止んだ。

水溜りを飛び越えながら庭から出て行く亮は、やはりちゃんと門扉を閉めない。その姿を見ながらある考えが浮かんだ。夏奈は亮の跡をつけた。

孔雀の驚く顔をこっそり盗み見てやろうと思ったのだ。

亮が孔雀の家の玄関のインターホンを鳴らすと、孔雀はすぐに顔を出した。

尻餅をついて驚くかと思ったが孔雀は玄関の外をうかがうような素ぶりを見せるだ

けだった。夏奈は慌てて物陰に隠れた。

玄関が閉まる音がした。

あれ？

夏奈はそっと顔をのぞかせた。

玄関の扉が閉まっている。しばらく待っても亮が出てくる気配はない。

家の中に上がり込んだのか？　なぜ？

孔雀の家の前をうろついていると、道の向こうで小学生くらいの子どもが夏奈をじっと見ていた。

これじゃ不審者だ。

夏奈は家に戻った。

いったいどういうことだ。亮と孔雀はそんな仲だったのか？　そんな仲ってなんだ。孔雀とは自分と同じく挨拶を交わす程度か、それ以下の仲だったはずだ。

亮はなかなか孔雀のところから戻って来なかった。

仏間の窓を音を立てないようにそっと開ける。風鈴がぶら下がった窓は開けっ放しで、部屋の中がうかがえた。

窓に向かって小さな机が設置され――ここで小説を書くというのは本当だったよう

だ――その他には大きな桐《きり》のタンスが二つ置かれていた。物置として使っているようだった。さっきの雨で机とその上の原稿用紙が濡れてしまっていた。

亮と孔雀の話し声が聞こえてくるかと耳をそばだてた。雨の後、再び鳴き始めた蟬《せみ》の声がうるさい。だが、その間をぬってそれは聞こえた。

夏奈は耳を疑った。

聞こえてきたのは女の喘《あえ》ぎ声だった。

あの家に孔雀以外に誰かいるのか？　それも女。いや、孔雀以外誰もいないはずだ。

だとするとあの声は孔雀のものなのか？

ぞわりと全身に鳥肌が立った。

想像したくもないが、あられもない姿の孔雀が頭に浮かんでしまう。振り払っても振り払っても、それは喘ぎ声と一緒に夏奈を追いかけてくる。

一瞬低い男のうなり声のようなものが聞こえた気がした。

男！　男もいる！　喘ぎ声の相手がいる。あの家に男なんて住んでないはずだ。

今、あの家にいるのは……。

扉の向こうに消えた馴染《なじ》みのある後ろ姿。

まさか、亮と孔雀が？

吐き気がした。孔雀はいくつだというのだ。初老とも言える歳のはずだ。吐き気の後に目眩《めまい》が襲ってきた、その時だった。

空気を切り裂くような悲鳴が聞こえた。悲鳴とともに喘ぎ声は止まった。

そのあとの数分間がとても長く感じられた。夏奈は石のように固まったまま、その場から動けないでいた。

居間で電話が鳴る音が聞こえた。よろけながら仏間を出ると居間へと走る。電話の受話器を取る。

母だった。

『夏奈〜？』

いつもの滑舌のいい母の口調が間延びして聞こえる。

「お母さん」

夏奈は受話器を握りしめた。

「お母さん、お母さん！」

すがるような声が出た。

『どうしたの？　夏奈、あなたなんか変よ、大丈夫？』

「だ、大丈夫だよ」

『どうしたのいったい』

「な、なんでもない、それより何？」

『うーん、ちょっと夏奈に聞きたいことがあったんだけど、今日は止めとく』

まだ切らないでと言いたかったが、それもできず夏奈は母との電話を切った。

陽《ひ》に焼けた畳が夕日に照らされていた。

「夏奈」

振り返るといつ戻ってきたのか亮が立っていた。

「夏みかんあげてきたよ」

その後何をした。それだけでは時間がかかり過ぎだろう。

「今日の夕飯、俺が作ろうか」

夏奈の言葉を待たずして亮は台所へと消えていった。


夏奈は台所に立つ亮をそっと廊下から盗み見る。冷蔵庫から豚肉を取り出している。

先ほどの悲鳴は何だったのか。あの手で孔雀を殺《や》ったのだろうか？　どうやって？

自分がしたように絞め殺した？　それとも……。

亮は豚肉を切ろうとして手を止めた。包丁の刃をじっと見つめ、おもむろに砥石《といし》を出すと包丁を研ぎ始めた。

　刺し殺したのだろうか？　でもそうだったら返り血を浴びているはずだ。

「夏奈」

　背中に目でもあるのか、背を向けたまま亮が話しかけてくる。

「居間でテレビでも見てていいよ」

「え、い、いや、私お風呂掃除でもしてくる」

　亮は絶対に孔雀をやったはずだ。夏奈は知っている。今のように妙に亮が優しい時、それはいつも亮が激しい感情を爆発させた後だ。それは夏奈に暴力をふるった後だったり、外で女を抱いた後だったり。


　あれはクリスマスイヴの夜のことだった。

　夏奈がうっかり亮の大切にしている鍵を捨ててしまったのだ。鍵といっても普通の鍵ではない。

　亮には変な収集癖があった。それはコンビーフ缶を開けるために付いている、あのおもちゃのような鍵だ。

亮はその鍵を大切にブリキの菓子箱に入れて集めていた。亮曰《いわ》く、メーカーによって形が若干違うそうだ。夏奈には皆同じに見えたし、それだったら違う形の鍵だけをそれぞれ一つずつ取っておけばいいものを、亮は同じものでも大切に取っておいた。

その晩、夕食にコンビーフチャーハンがあるのを見て、亮は夏奈に手の平を向けた。

『鍵は？』

取っておいたと思った鍵はどこを探しても見つからなかった。小さなものだから野菜くずと一緒に捨ててしまったのかも知れない。亮の機嫌を損ねるのを恐れて生ゴミを漁《あさ》ってみたがない。

流しの横にあるコンビーフの空き缶を見て、亮はデーモンになった。

『これ新しいやつじゃん！』

夏奈は気にもしなかったが、確かにいつもとは違うスーパーで買ったものだった。

『ふざけんな！　絶対探し出せよ！』

『ごめん、明日また同じもの買ってくるよ』

『それじゃダメなんだよ！』

何がダメなのか分からない。

夏奈が床を這いつくばって探している間も、亮の怒りはどんどんエスカレートしていく。テーブルと椅子を蹴り倒し、コンビーフチャーハンをばらまいた。大きな音がする度に夏奈はビクついた。

そこら中の物に八つ当たりした亮は、ついにその矛先を夏奈に向けた。

何度も蹴られた。うずくまり、無抵抗の夏奈をデーモン亮は蹴り続けた。今から同じものを買ってくるからと、夏奈は逃げるようにして家を飛び出した。

とっくに店が閉まっている時間だったが、とにかく亮の暴力から逃れるために夏奈は嘘をついた。

着の身着のまま家を飛び出した夏奈は、どうにか暖の取れるところで時間を潰し、朝方になってそっと家に戻った。亮の寝ている隣で眠る気になれず、居間の畳の上にそのまま横になった。数時間仮眠し、亮がまだ寝ているうち、いつもより早く仕事に向かった。

仕事帰り、前日に行ったスーパーに立ち寄ったが、欲しかったコンビーフ缶は売り切れていた。他のスーパーやコンビニを回ってやっと同じものを見つけた時は、ずいぶん遅い時間になってしまっていた。

また亮にキレられるかも知れない。

恐る恐る家に戻ると、食卓にケーキの箱らしきものが置いてあった。中をのぞこうとすると背後で破裂音がした。驚いて振り返る。

パン、パン、パン。

続けて音がし、夏奈の顔に色とりどりの紙テープが降りかかる。

『あはははははは』

亮がお腹を抱えて笑っている。

『驚いてる驚いてる』

並べて置いてあるクラッカーを手に取り笑いながら、次々と夏奈に向けて発砲させる。

『襲撃だっ』

夏奈はどう反応していいのか分からず、亮の標的になったままその場に立ち尽くす。

全てのクラッカーを使い切ると、亮は満足気に肩で息をついた。だが紙テープだらけの夏奈を見てまた笑い転げる。

昨日蹴られた時とは違った屈辱感を覚えた。

『あれ？　怒ってる？　なんで？　面白いじゃん』

まだ笑いを含んだ表情で亮は夏奈をのぞき込む。

『じゃあこれで赦《ゆる》してもらえるかな？』

亮が食卓の上の箱から取り出したものは、クリスマスケーキだった。

『どうしたのこれ？』

『今日仕事先でもらった』

『仕事行ったんだ今日』

『うん』

クリスマス当日の夜、値引きをしても売れなかったケーキをタダでもらってきたらしい。

『あの、昨日と同じコンビーフ缶買ってきたよ』

『お、サンキュ』

夏奈が袋から取り出したコンビーフ缶を亮は一瞥しただけで、『ケーキ食べようよ』と皿を並べる。

『夕飯は？』

『このケーキ消費期限が今晩の十二時までなんだってさ』

時計を見ると十二時まであと三十分しかなかった。

ケーキは消費期限ぎりぎりだったが、滑らかな生クリームも、ちょっと酸っぱい赤い苺《いちご》も瑞々《みずみず》しく、とても美味しかった。

少し小ぶりのケーキだったとはいえ、亮はその半分を平らげた。夏奈は二切れ完食したところで塩辛いものが食べたくなり、お茶漬けにたくあんを添えて食べた。

それを見た亮は自分もと、お茶漬けをかき込み、それで口の中をリフレッシュできたのか、残りの四分の一のケーキを平らげた。

すでに十二時を回っていたが、そんなことはもうどうでもよかった。

その晩、布団の中で亮は囁《ささや》いた。

『もし今晩のこれでできたら、子どもに聖夜《せいや》って名前つけよっか』

夏奈は台所にぽつんとあるコンビーフ缶のことを考えていた。

ふざけんな。

心の中で呟いた。

亮から生クリームの甘い香りがした。

外に女がいるはずなのに、なぜ亮は自分を抱くのだろう。それとも昨日のクリスマスイヴに家にいたということは、今はちょうど女を切らしているのだろうか？

いや、亮は他の女としてきても、帰ってきてまたせっせと夏奈を抱く。

夏奈にとって亮とのセックスは煩わしいだけだった。

亮のスマホを盗み見て、浮気を発見した時にあった怒りと哀しみは、とっくの昔になくなってしまった。

浮気なんかじゃなく本気になって、この家を出て行って欲しいとさえ思う。

どこかに亮をもらってくれる女はいないだろうか。


そして今、殺したはずの亮が自分の目の前にいる。亮と顔を突き合わせての夕食は、食べた心地がしなかった。朝と同じように全く食欲がわかない。

「美味しくない？」

夏奈の皿には、ほとんど手をつけていない豚肉の生姜《しょうが》焼きが載ったままだ。

「う、ううん、すごい美味しいよ。実は私、亮が出かけてる間に少し食べたんだ」

「そっか」

亮はおもむろに椅子から立ち上がると、体を乗り出し夏奈に軽くキスをした。そしてまた黙々と自分の箸を動かす。夏奈は亮に気づかれないようにそっと唇を拭った。

開け放たれた窓から炭坑節が聞こえてきた。

昨夜のことがフラッシュバックする。

白目を剝き、口から泡を吹く亮の顔。

確かに自分は、この目の前の亮を殺したはずなのに。

後片付けは自分がするからと、夏奈が流しで茶碗を洗っていると、後ろから亮に抱き締められる。

「夏奈……」

亮の手が夏奈の胸をまさぐる。全身に鳥肌が立つ。亮はそれを夏奈が感じているのだと勘違いしたようで、痛いくらいに胸を摑む。

「ね、ねえ、この後盆踊り大会に行こうよ」

亮に羽交い締めされたような状態で、どうにか頭だけを動かす。

「昨日も行ったのに？」

亮は怪訝そうな顔をした。

「で、でも亮は行ってないでしょ」

行けるわけがない、その直前に自分に殺されたのだから。

「あ、ああ、そうだね」

その時、夏奈は亮の視線が一瞬泳いだのを見逃さなかった。今朝からずっと平然としていた亮が、初めて見せる動揺だった。

だが亮はすぐにその動揺をどこかに潜ませ、さっきまでの、いやさっきより余裕を感じさせる声で囁く。

「じゃあ、このあと行けばいいよね」

亮の手が夏奈の胸から下に降りてくる。


昨夜自分が殺した男に次の夜に抱かれる。おかしくはなりかけた。よくおかしくならないほうが不思議だった。いや、何度もおかしくはなりかけた。よく踏みとどまっているものだ。それとも自分はもうすでに変になっていて、今起きていることは全て幻なのだろうか。

裸で抱き合った亮の体は、生きている人間そのものだった。


結局盆踊りには行かなかった。亮はその夜何度も夏奈を抱いた。

夏奈は体がバラバラになった気がした。

ベッドに散らばった体をかき集め、夏奈は身を起こした。トイレに行くふりをして仏間から隣を覗いて見る。開け放たれていた窓はしっかりと閉じられて、風鈴が寂しそうにぶら下がっている。

孔雀が閉めたのだ。夏奈は脱力した。孔雀は殺されてなんていない。そもそも悲鳴が聞こえただけで、亮が孔雀を殺したと思う方がおかしい。自分が殺人を犯したばかりだから、思考回路が変になっているのだ。

だが、その夜から孔雀の家に灯《あか》りが灯《とも》ることはなかった。

こうして殺したはずの亮との奇妙な生活が始まった。いや元の生活に戻っただけだ。まるで亮を殺したあの夜だけが、すっぽり抜け落ちたようだった。

だが正確には同じようで同じではなかった。

冷凍庫の中には凍った亮がいたし、孔雀の姿を全く見かけなくなった。

そして亮がまた毎日仕事に行くようになった。亮は暴力的な一面を見せることがなくなった。まるで出会った最初の頃に戻ったようだった。

それでもいつまたあのデーモン亮になるとも限らない。もう一度殺す決意が揺らがないよう、時々冷凍庫の亮を見に行った。凍った亮を見るとあの時の感情が蘇ってくる。

そうだ、孔雀がいない今、夏が終わるのを待つ必要はない。さっさともう一度殺してしまおう。

それにしても孔雀はどこへ行ってしまったのだろうか。旅行にでも行ったのか。あの日聞こえてきた悲鳴。閉じられた窓。いなくなった孔雀。そして、あの喘ぎ声。悲鳴のインパクトが強すぎて、喘ぎ声のことを忘れそうになっていた。

亮はあの時、孔雀の家の中にいた。亮は何かを知っているはずだ。

「最近お隣さん見かけないけど旅行にでも行ったのかな」

夕飯を食べている時、さりげなく亮に尋ねてみる。

「ん？　お隣？」

「ほら作家の」

「ああ」

亮は興味なさそうに麻婆豆腐《マーボーどうふ》をかきこむ。

「旅行に行くなんて一言も言ってなかったけどなぁ」

「そんなことわざわざ言って回ったりしないだろ。空き巣に入ってくださいと言ってるようなもんだ」

「うん、でも……」

「なんでそんなにお隣が気になんの」

聞くなら今だと思った。

「あの日、お隣に上がり込んで何してたの？」

「あの日？」

「夏みかん持って行った日」

亮は少し首を傾《かし》げる。

「ああ」

と、答えにならない返事をする。

「あの人とそんな仲だったんだ」

「そんな仲？」

「家に上がり込むほどの仲ってこと。私だって家に上がったことないのに、それに前はあのババア気色悪《わ》りぃ、とか言ってたじゃない」

亮は何度か孔雀のことをそんな風に言っていた。

ここでようやく亮は箸を止めた。

「あ！　そう言えばあの時、旅行に行くって言ってた、言ってた！　すっかり忘れてたよ。タイだったか台湾だったか。そしてそうだよ、あの日は一緒にAVを見て、ゴキブリを退治したんだった」

「AV？」

「うん」

「なんでまた」

亮の話によると、孔雀が今書いている作品の主人公が特殊な性癖を持つ男で、その動画を亮がネットで探してあげたというのだ。

「なんかすでにいろんな怪しいサイト見まくってたみたいで、パソコンが変なウイルスに感染しちゃってたんだよね。だから、ついでにその対処もしてあげてさ」

そしてAVを見ている最中に大きなゴキブリが出たと言うのだ。

「ふーん、でも執筆の途中で旅行なんて行くかな」

「なんか小説の舞台がタイだか台湾らしいよ、なに？　まさかお隣さんに嫉妬してるわけじゃないよな、あの人いくつだと思ってんだよ」

亮は笑いながら夏奈にキスをした。

話はそこで終わってしまった。

亮は夕食を食べ終わるとテレビゲームを始めた。真面目に仕事に行くようになった亮が、最近自分で買ってきたものだった。

「夏奈もそれ終わったら一緒にやろうよ」

家計簿をつけている夏奈に亮が笑顔を向けるが、「なんだか今日は疲れているから」と断る。

夏奈はさっと熱い湯に浸《つ》かったあと、ゲームに熱中する亮に「もう寝るね」と、声をかけた。亮は首だけ回して時計を見た。まだ十時にもなっていなかったが夏奈は床につく。

亮と一緒にゲームなんかやっていたら朝になってしまう。それに亮はゲームに熱くなり過ぎてキレることがよくあるから嫌なのだ。

以前ただ同然でゲーム機を手に入れたことがあり、亮は毎晩朝方までそのゲーム機で遊んでいた。ゲーム機本体と一緒についてきたゲームソフトを完全攻略しても、他に買うお金もないので、同じものを何度も繰り返し遊んでいた。

ある日ゲーム機は壊れた。乱暴に扱いすぎたのか、もともと欠陥があったのか分からないが、いつものごとく亮はキレた。ところ構わずゲーム機を叩きつけた先には小さなこけしがあった。黒いおかっぱ頭が畳に転がった。

夏奈は一度だけ亮との間にできた子を堕《お》ろしたことがあった。

ただでさえギリギリの生活の中で、ちゃんと子どもを産んで育てられるか不安だったが、最初は亮もなんとか頑張ろうと言ってくれた。少ない二人の給料の中から、少しでもお金を貯《た》めようとした。

ある朝、朝食にパンの耳を出した時に亮はキレた。そのまま引きずられるように病院に連れていかれた。

塞ぎ込む夏奈にこけしを買ってきたのは亮だった。朝起きると夏奈の枕元にそれは置かれていた。

ゲーム機が壊れ怒り続ける亮は、こけしの頭を抱きしめる夏奈に言い捨てた。

『そんなもんいつまでも大事にしてるから忘れられないんだよ、子どもなんかいらねぇよ、子どものために貧乏生活するなんてまっぴらごめんだ』

デーモン亮は頭の落ちたこけしをゴミ箱へ投げ入れた。

夏奈は亮に見つからないよう、こっそりとこけしを拾うと頭と一緒に庭の隅に埋めた。土を少し盛り上げただけの、夏奈だけに分かる小山のお墓だった。

豆電球に照らされる薄暗い部屋で、夏奈はその時のことを想《おも》い出していた。居間から「あ〜死んだ〜」と亮の声が聞こえてくる。

寝返りを打った。あのこけしはいつか土に還《かえ》るのだろうか。何年くらいかかるのだろう。こけしがこの世から消えてしまったら、自分の心の中から堕ろした子の記憶がなくなってくれるだろうか。

亮とこけしと腐るのはどっちが早いだろう。亮は腐るのを待つまでもなく、すぐに忘れられそうだ。

聞こえていたゲーム音が止んだ。少しすると夏奈が寝ている部屋の襖《ふすま》が開いた。薄《うす》眼《め》を開けて枕元の目覚まし時計を見ると、まだ十一時にもなっていなかった。

「夏奈」

亮が布団の中に入ってくる。夏奈の首筋に舌を這わせながら、無言で夏奈の体を貪る。

「ねえ、するならちゃんとつけて」

亮が夏奈の中にそのまま押し入ってくる気配を感じて、夏奈は体を起こした。

「この前買ってきたやつならもう全部使っちゃったよ」

「じゃあ、しない」

「できたら、できたでいいよ」

亮は嫌がる夏奈を半ば強引に押し倒した。

絶対にまた殺してやる。

今度こそ確実に殺してやる。

夏奈は自分を見下ろす闇に向かって、そう心の中で吐き捨てた。

母から電話がかかってきたのは、夏奈がまさに会社を出ようとしたその時だった。

『今、夏奈の会社の近くにいるのよ、渡したいものがあるから来なさいよ』

母は一方的にカフェチェーン店の名前を言うと、電話を切った。

そう言えば前に母が家に電話をかけてきた時、母は自分に聞きたいことがあると言っていた。

あの時は殺したはずの亮が平然と家に帰ってくるわ、孔雀の家から喘ぎ声や悲鳴が聞こえてくるわで、夏奈はそれどころではなかった。

カフェに着くと母は窓際の席に座って誰かと電話をしていた。仕事関係の相手だろうか。テーブルの上には、大きな銀色の保冷バッグが置いてあった。

コーヒーを買って母の席に向かうと、すでに電話を済ませた母が夏奈の方を見て手をヒラヒラ振っている。

「これこれ、これあげる」

夏奈が席に着くやいなや、母は目の前の保冷バッグを夏奈の方に押しやった。中には冷凍した魚が入っていた。

「何これ？」

「もらったの、たくさん」

「またあの人とヨリを戻したの？」

「そういうわけじゃないけど。それに元々付き合ってないし」

魚はアジだった。

「用事ってこれ？」

「そういうわけじゃないの、どちらかと言えばこれはついで」

母はコーヒーを口に含んだ。

時々母はこうやって、突然夏奈を訪ねてくることがある。

亮を殺した後に母に会うのはこれが初めてだった。

お母さん、私は人を殺してしまいました。

夏奈はコーヒーを飲みながら、心の中でそう告白してみた。

「ねえ、夏奈。あなた今幸せ？」

まさか夏奈の心の声が聞こえたのではないかとヒヤリとしてしまう。

「な、なんでそんなこと聞くの？」

「いや、どうなのかなって思って」

「し、幸せよ」

母は穴が開くのではないかと思うほど、じっと夏奈を見つめた。

どうしてこう母親の視線というものは、子どもの全てを見透かしているように思えてしまうのだろう。

夏奈は母の視線から逃げるように目を逸らした。

「お母さんに何か隠してることない？」

「ないよ」

即答した。

母はため息をついた。

そのため息のつき方がわざとらしく感じられて、ついつい母に反抗したくなる。

「お母さんこそ、ずっと私に隠し事してるじゃない」

「お母さんが？」

母は胸に手を当てた。

「私のお父さんのことよ」

別に今更どうでもいい感はあったが、勢いで言ってしまった。

「本当のことが知りたい」

「夏奈は知らない方がいいと思う」

「どうして？　私なにを言われても驚かないよ」

母は飲もうとしたコーヒーが空になっているのが分かると、小さなため息をついた。

「じゃあ正直に話すけど、お母さんもよく知らないの」

そう言うと、母はずっと沈黙を守ってきた夏奈の父について語り出した。

夏奈が思った通り、夏奈は精子バンクから精子をもらってできた子どもだった。

「京大出の外科医、身長１７８センチ、体重69キロ、趣味は登山と美術館巡り、それが私の父親かぁ」

母は困ったような情けない笑みを浮かべた。

「でもお母さんは、そこまでして子どもが欲しかったの？」

恋愛にはとてもドライなくせに、子どもは欲しいというやつだろうか？　けれど精子バンクで見ず知らずの男の精子をもらってまで産もうとするほど、子どもが好きなようには見えない。

「お母さんね、これでも若い頃大恋愛したことがあるのよ」

「え？」

「何よ、そんな驚いた顔して」

「だって……」

意外だ、意外すぎる。

「本当に好きだった、運命の人だと思った。その人がいなくなった時は死のうと思った」

母は遠い目をした。

「成就しない大恋愛だった……」

「その人とは結婚できなかったの？」

夏奈は尋ねる。

「彼は代々続く大病院の跡取り息子でね、結婚相手が決められてたの。今どきそんな政略結婚？　って思ったけど、そうだったのよ」

「そんな……」

それでも真に二人が愛し合っていれば、どうにかなったのではないか？　彼は家を捨てて母を取ることだってできたはずだ。

「お母さん達ね、かけおちもしたのよ」

だが男が医師の仕事につくとすぐに見つけ出されたと言う。網の目のように張り巡らされた医療業界の連絡網を使って、男の家族が男を見つけ出すのはそれほど難しいことではなかったようだ。

男は病院の跡取り息子として、惰性で医師になったのではなく、医師の仕事に情熱と誇りを持っていた。

医師はまさに男の天職だった。どこに生まれても男は必ず医師になったであろう、それも名医に。

しかし何度目かのかけおちで男は医師の仕事を捨て、別の仕事についた。母は自分のために男が自身の人生を捨てることが耐えられなかった。

「追い詰められて、一緒に死のうとさえした……、でもできなかった。彼はね、お母さんを殺すぐらいなら別れた方がいいって、泣いたの」

母は涙ぐんだ。

想いを貫くことだけが真実の愛じゃないのかもしれない。きっと諦めることも愛なのだ。

「別れてからも彼が恋しくて恋しくて、それでね、彼とまるで同じプロフィールの男性の精子をもらって、彼の子どもだと思おうとしたの」

そう思ったのなら、なぜ本人の名前を自分に教えなかったのだろう？　ヒロヤとかケンジとか言い間違えるくらいなら……。そのことを母に尋ねると、

「あの人の名前を口にするのが辛かったのよ」

と、母は潤んだ目をしばたたいた。

いつの間にか夏奈ももらい泣きしていた。ぐすりと洟《はな》を啜る。

「あらやだ」

母はハンドバッグからハンカチを取り出すと、夏奈の頬を拭った。

「今の話信じたの？　冗談よ、作り話よ、馬鹿な子ね。もし本当だったらちゃんと彼の話を夏奈にしてたわよ」

「えっ」

危うく騙《だま》されそうになった。腹が立ってきた。

「ちょっと〜〜〜！」

夏奈は軽く拳を上げて母を睨みつける。

母の目は赤く潤んだままだった。

夏奈はゆっくりと手を下ろした。

きっと、作り話じゃない……。

「信じちゃうところだったよ」

夏奈は俯《うつむ》いた。

その時、突如隣のテーブルの会話が飛び込んできた。

「ねぇ、京都のあの事件の犯人捕まったよね」

「ああ、あの外科医でしょ？　自宅から被害者の血痕がついた登山用のピッケルが見つかったんだって」

夏奈と母は顔を見合わせる。夏奈はスマホを取り出した。

事件の記事はすぐに出てきた。

痴情のもつれが原因の殺人事件だった。

『相田《あいだ》博也《ひろや》、58歳、身長178センチ。趣味は登山と美術館巡りというインテリがまさかの殺人』

髪が薄い神経質そうな中年男の写真が載っていた。

夏奈は母にスマホを手渡そうとしたが、母はそれを受け取らなかった。

「夏奈、大丈夫、違うから」

何を根拠にそんなことが言えるのだ。

「でもここまで条件が同じ人っている？」

「いるわよ」

母はきっぱりと言った。

「それに夏奈はこんなにいい子じゃないの、そんな子の父親が殺人犯なわけないでしよ」


それが違うのだ。全くもっていい子なんかじゃないのだ。母は何にも知らないのだ。

母は最後までスマホの画面を見ようとしなかった。

駅の改札で母と別れる。少し歩いたところから、ホームが垣間見《かいまみ》えた。

食い入るようにスマホに見入る母の姿が見えた。

いつも何も知らない可哀想《かわいそう》なお母さん。

「ピッケルか……」

夏奈は自分の手の平を見つめる。

親子そろって……。

そんな言葉が頭に浮かんだ。

父親が殺人犯かもしれないというのもショックだが、自分が人工授精で生まれた子どもだったという事実はやはり衝撃だった。そうかも知れないと予想はしていたが、それが現実となると話は別だ。父親が自分の存在を知らないということは、自分にはお父さんと呼べる人が存在しないということだ。

母は勝手だ。いくら自分が子どもを欲しかったからといって、それで生まれてくる子どもの心境も考えて欲しい。でも……。

あの母がそこまでして欲しがったのだ。そこまで自分は母から必要とされる存在だったのだ。だから母は過労で倒れるほど一生懸命に自分を育ててくれたのだ。

母とその人はもう一切連絡を取っていないのだろうか？　きっとその人は、母が自分と同じようなプロフィールを持つ男の精子をもらって、子どもを産んだことは知らないのだろう。

母はそれで、寂しくはないのだろうか？

思った以上に母と長話をしてしまったせいか、家に帰ると保冷バッグの中のアジが半分溶けかかっていた。慌てて冷凍庫に詰めると冷凍庫はアジでいっぱいになった。

そして夏奈はその足で倉庫に向かう。

溶けかかったアジとは対照的に、冷凍庫にいる亮はカチンコチンに凍っていた。

祖父の初恋の相手の形見は、少し壊れかけているのか冷えすぎるみたいだ。まあ、だからと言って特に問題はないが。

すっかり霜まみれになった亮を見ながら、ふとある考えが浮かんだ。

この亮をあの亮に食べさせてみようか。

殺す前に思う存分復讐《ふくしゅう》したい。あの時は半ば衝動的に亮を殺してしまった。せっかくなら心おきなく亮を痛めつけてから殺したい。

こっちの亮が骨だけになったら穴を掘る作業もぐんと楽になる。素晴らしい名案に思えた。

もともと亮は一人だったのだ。食べてまた一人に戻ってもらうのは、とても理にかなっている。

でもいくつか問題があった。人肉を削《そ》ぎ調理するのに抵抗があったし、うまく味をごまかせるかどうかも不安だった。それにこの二つをクリアしたとしても……。この前みたいに、また亮に食事中キスなんてされたら……。

そうだ。

夏奈は手を打った。

お弁当として持たせればいいじゃないか。亮が亮を食べる姿を目の前で見たいのはやまやまだが、人肉を食べた直後にキスされてはたまったもんじゃない。

そう決めたものの実際に亮の肉を切り取るまでには、それから三日かかった。さすがに気持ちのいいものではない。

亮の顔に布をかぶせる。今さらだが、

「南無阿弥陀仏《なむあみだぶつ》。南無阿弥陀仏」

口の中で唱えながら、意を決し包丁を突き立てる。

が、凍った亮は固くて全く歯が立たない。最初はためらいがちだったのが、最後には「ぬおう～」と唸り声を上げながら何度も包丁を突き立てた。

汗まみれになって切り取った肉はわずかだった。

家に戻った夏奈は、ネットで凍った食材を切ることができる冷凍ナイフを注文した。

冷凍ナイフが届くまでの間、夏奈は冷凍庫のアジをひたすら食べまくった。

亮は仕事に行くようになった上に、家事も率先して手伝うようになった。

ただ料理だけは夏奈が全て担当すると申し出た。例の計画を実行するためには、亮に台所に入られると何かと都合が悪い。


夏奈はスーパーで値引きされた惣菜を物色する。

定時ギリギリに面倒臭い仕事を頼まれ、すっかり遅くなってしまった。

「夏奈さん？」

声をかけられたのは、夏奈がコロッケを手に取った時だった。

大男が夏奈を見下ろしている。

この人は……。そうだ、名前は思い出せないが、たしか婚活パーティで一度だけ会ったことのある男だ。男は夏奈のはめている結婚指輪を見て、「あ、ご結婚されたんですね、おめでとうございます」と頭を下げた。

「僕は相変わらずですよぉ」

男は笑いながら、値引きされた焼肉弁当と親子丼を手に取った。

「まあ、あのパーティも友だちに連れられて行っただけで、僕自身は別に結婚を焦ってるわけじゃないんですけどね、実際に婚活パーティに参加したのもあの一度だけだし」

夏奈が聞いてもいないことをペラペラと話しだす。

「あ、別に負け惜しみじゃないですよ」

男は夏奈の持っているコロッケを見た。夏奈は愛想笑いを浮かべる。

「結婚って言っても、私の旦那はこんなの食べさせられてるくらいだから、結婚してもしなくても同じですよ」

コロッケどころか、これから人肉を、それも自分自身を食べさせられるんだから、と夏奈は心の中で呟いた。

「あはは、気を使ってくれてありがとうございます」

男と夏奈は一緒にレジに並ぶ。

「僕、正直ああいうパーティってすごい苦手で、あの時もほんと居心地が悪かったなぁ、それにああいう場所ってほら、なんていうかやっぱ男は年収で優劣つけられるみたいなところがあって、ほんと僕なんかが行く場所じゃないんすよ、女の人ってシビアだからなぁ」

「でもまだ男の人はいいですよ。だって年収はその人の努力次第で変えられるじゃないですか、女は年齢ですもん。どうあがいたって変えられないところでランク付けされるのって辛いですよ、そういう点では男の人の方が酷《ひど》くないですか？」

男は夏奈の発言に気を悪くした様子もなく「それはそうですねぇ」と素直に頷《うなず》いた。

男は自分で言うだけあって、どこからどう見てもお金を持っているようには見えなかった。

並んだ列はなかなか動かなかった。何やら客とレジ打ちの店員がもめている。スーツに身を包んだ中年の男性客は、酔っているのか顔がほんのりと赤い。レジ台にはスルメと枝豆が載っている。

夏奈たちの後ろに並んだ客が舌打ちする音が聞こえた。前に並んでいた客もふらりと列から外れると、持っていた惣菜パックをその辺に投げ出し、店を出て行ってしまった。店員は横目にそれを見ながら、恐縮そうに酔った客に頭を下げ続けている。

とんだ迷惑な客だ。

「近くのコンビニで買いますか？」

夏奈は男を見上げた。

「コンビニは高いし、それに……なんか僕たちまで出て行ったら店員さんが可哀想じゃないですか？」

夏奈はちらりと腕時計を見た。

「あ、でも夏奈さん旦那さん待ってるでしょ、急いでるんだったらどうぞ」

「いえ、大丈夫です。それにしても迷惑ですね、あの人」

「なんか嫌なことでもあったんですかねぇ」

のんびりと男が言った。不思議そうな顔をする夏奈に気づいた男は頭をかいた。

「あ、僕、なんか怒ってる人とか見ると思っちゃうんですよね。この人怒りながらも辛いんだろうなぁって、そうせずにはいられないほど自分の中に何か溜《た》め込んでて、それがセーブできずに溢《あふ》れ出てしまって、相手に怒れば怒るほど、自己嫌悪も大きくなっているのかなって」

「考えすぎじゃないですか？」

「はは、そうですよね」

男はまた頭をかいた。

でもそんな風に言われると、さっきまで憎たらしく思っていた客がなんだか可哀想に見えてきた。

皺《しわ》の入ったスーツは男のその日の疲れを象徴してるかのようだった。そんな疲れているのに、何か家族の待つ家に帰りたくない理由があるのか、それともその家さえないのか。もしかしたら健康そうに見えるけど、健康診断で癌を疑われたとか。夏奈がそうだった時は周りの人みんなが自分より幸せそうに見えた。何かあると自分はこんなに不幸なんだから、これくらい許されてもいいじゃないかと苛立った。

ふと夏奈は男に聞いてみたくなった。

「人殺しにもそんなに寛大なんですか？」

人殺し？　と男は夏奈の質問を繰り返し、うーん、と少しだけ体を後ろに反らした。しばらく考えたのち、「殺人は被害者の家族も加害者もどっちも地獄です」と、夏奈の問いには答えずに、いきなりそう言った。

「加害者も地獄？」

「そうですよ」

「でも人を殺して平然としている人もいると思いますよ」

「それはまだ本人が地獄に気づいていないだけです」

そっか、自分は今地獄にいるのか。

「それに被害者の家族の方は、加害者への恨みの感情から自らを解き放つことで、救いの光を見出《みいだ》すことができるかも知れませんが、加害者が地獄から逃れる方法は永遠にありません。加害者を赦し、解き放つことができるのは、殺された被害者だけなのでしょうが、その人物はすでにこの世にいないのですから。そういった意味では加害者の方が辛いのかな」

「そんな風に考える人ってほとんどいないと思いますよ」

でしょうね、と男は弱々しく笑った。

「でも、僕はどうしてもそういうことを考えてしまうんですよね。誰だってまさか自分が人生のうちで人殺しを犯すなんて思ってなかったはずでしょ。みんな幸せな未来を夢見てたはず。それがどこからかおかしくなってしまって、こんなはずじゃなかった、自分はこんなことをするために生まれてきたんじゃなかったのに、って、あ、夏奈さん進みましたよ」

夏奈の順番がやっと来た。

「大変お待たせしました」

店員の女の子は硬い表情で頭を下げ素早くレジを打つ。ものの三分もかからずに支払いが終わる。

「ありがとうございました」

女の子はまた頭を下げる。

店の入り口付近で男を振り返ると、男が何か面白いことでも言ったのか、店員がふにゃりと顔を弛《ゆる》ませ笑っている。

「あなたってホントいい人ですね」

夏奈に追いついた男に夏奈は言った。

「そんなことないですよ、そうだったら今頃結婚できてますから」

別れ際、男は言った。

「できあいだけど夏奈さんが買ってきてくれたコロッケですよ、旦那さんは幸せ者ですよ」

馬鹿がつくほどいい人だな、でもいい人過ぎて逆に引く。それが結婚できない要因なのだろうか。

でも……。

あの男と結婚していたら、夏奈は夫殺しの妻になることはなかったかも知れない。なんであのパーティの時、あの男に引っかからなかったんだろう。まあ、そんなこと思っても今さら遅いが。

どこからか犬の遠吠《とおぼ》えが聞こえてきた。

あの男だったら絶対に妻から恨まれて殺されたりしないだろうし、人肉を食べさせられたりすることもないんだろうな。

夏奈は男が歩いて行った道を振り返った。

今はスーパーの惣菜を一人寂しく食べているかも知れないけど、いつか可愛いお嫁さんの手料理を食べられるといいね、そうなることを祈った。

誰かの幸せを願うことで、自分が少しだけいい人になったような気がした。夫を殺した自分が今さらいい人なんかになれるはずもなく、それは焼け石に水を垂らすような無駄なことかもしれないが、自分のためにではなく人のいいあの男のためだけに夏奈はそう祈った。

二度とあの男に関わらないようにしよう。もし自分が捕まったりしたら迷惑がかかるかも知れない。それにあの男のことだ、いらぬ同情を夏奈に抱くだろう。

それにしても今日はずいぶん遅くなってしまった、急がなければ。

家の前まで来ると、居間と台所に灯《あか》りが灯っているのが見えた。

「ただいま」

靴を脱ぎながら大声で呼びかけるが返事はない。居間を覗くと亮がゲームに熱中している。

「遅くなってごめんね、今からすぐ……」

台所のテーブルの上を見て夏奈はギョッとした。包装紙と空き箱の横に、冷凍ナイフが置かれていた。

「それなんに使うの？」

背中を向けたまま亮が聞いてくる。

なぜ勝手に開けたのだ、と文句を言いそうになり我慢する。

「れ、冷凍した固いお肉を切るためだよ」

「ふーん」

大丈夫、亮は何も分かってない、動揺する必要などないのだ、落ち着け。

「ほら今日みたいに遅くなった時に、解凍する時間なかったりするでしょ」

亮はゲームを終了させると台所にやってきた。夏奈の前を通り過ぎ冷凍庫の扉を開けた。中には氷と数匹のアジしか入っていない。氷を取り出しグラスに入れると、冷蔵庫の中の冷えた麦茶を注いだ。

「と、時々スーパーでブロック肉のセールやってて、それがすごいお得なんだよね」

亮は麦茶を一気に飲み干す。

「夏奈」

「は、はい」

「だから俺も料理するよ？　わざわざそんなもん買わなくてもさ、連絡くれれば肉くらい冷凍庫から取り出しといてやるのにさ」

だからそれは困るのだ。

さっきスーパーで買ったコロッケを皿に盛り付け、急いで食事の支度を終える。

『夏奈さんが買ってきてくれたコロッケですよ、旦那さんは幸せ者ですよ』

男の顔が頭に浮かんだ。

そのコロッケを亮は黙々と口に運ぶ。これといって幸せそうには見えないばかりか、いつもより言葉数が少ないように感じる。夏奈が話しかけても、うん、とか、まあね、とか短い返事しか返ってこない。

亮は何かに気づいたのではないか、そんな考えが頭をよぎる。まさか倉庫の亮を発見されたとか。

亮はコロッケをごはんの上に載せた。

この亮にあの亮を見せたらどんな反応をするのだろうか。さぞかし驚くだろう。まさか平然としてはいられまい、でも平然としていたら怖い。今でも十分恐怖だが、それ以上に恐怖のどん底に突き落とされそうだ。

亮が目を泳がせ食卓の上に何かを探している。

「なに？」

「ソースある？」

「ああ、うん、ちょっと待ってて」

夏奈は冷蔵庫の扉を開けた。ブルドッグの顔がついたソースに手を伸ばそうとして、その横のマヨネーズが目に止まる。

「マヨネーズじゃなくていいの？」

夏奈は振り返った。亮はなんでもかんでもマヨネーズをかけて食べる。コロッケももちろんマヨネーズだった。そういえば最近、亮がマヨネーズをかけているところをあまり見たことがない。実際に数週間前に開封したマヨネーズは、ほとんど減っておらずまだ丸々としたままだ。

「最近ちょっと太ってきたからさ」

全くそうは見えない亮に夏奈はソースを手渡す。ソースのかかったコロッケを数口食べた亮は「やっぱマヨネーズの方がいいや」と今度は自分で冷蔵庫に取りに立った。ソースとマヨネーズがかかったコロッケを頬張る亮。

何か違和感を覚えた。

夏奈は亮の左手を見る。正しいようでよく見ると間違っている独特の箸の持ち方。亮に間違いない。なのにこの違和感はなんだろう。亮であって亮でないような。自分は何か重要なことを見落としているのではないか、そんな考えに囚《とら》われる。でもすぐにそんな事を考えるのが馬鹿らしくなった。そもそもこの状況がおかしいのだ。違和感だらけだ。

冷凍ナイフの切れ味は思った以上だった。面白いくらいに肉を削ぎ落とすことができた。快感でさえあった。快感が戸惑いや恐怖を夏奈から取り除いた。

肉は合挽肉《あいびきにく》と混ぜて使うことにした。料理をしなくても亮が台所に立ち入ることはある。冷蔵庫に保管するのは避け、肉は使うごとに使う分だけ削ぎ取った。

調理する時に使う道具はきっちりと分けた。包丁、まな板、フライパンに鍋。使った後いくらよく洗うとはいえ、亮の肉に触れたものと同じもので調理した食べ物を自分は口にしたくなかった。

冷凍ナイフのことが怪しまれないように、多少値が張ったが大きなブロック肉を買ってきて冷凍庫に入れた。時々その肉を調理して食卓に並べた。

一番初めに作ったのはハンバーグだった。合挽七、亮三の割合で作り、濃いめの味付けにした。チェックのハンカチで弁当箱を包んだ。

亮は嬉《うれ》しそうな顔でそれを持ち仕事に出かけた。

その夜、空になった弁当箱を見た時、さすがに胃から酸っぱいものが込み上げてきた。

トイレに走り嘔吐《おうと》する夏奈の背中を亮は心配そうにさする。

「もしかして妊娠した？」

亮が夏奈の耳元で囁いた。

ハンバーグに続いて、キーマカレー、餃子《ギョーザ》、自家製ソーセージなども作ってみた。挽肉料理の本が出せるのではないかと思えるほど、いろんなレシピを開発した。母にも電話して何かいいレシピを知らないか聞いてみた。母が教えてくれた香味野菜がたっぷり入った万能そぼろは、お弁当のおかずに最適で、何回も作った。

作る度に亮の肉の割合が増えていった。最初は合挽七、亮三だったのが、六対四から五対五になり、ついには合挽二、亮八までになった。

亮はいつも綺麗に空になった弁当箱を持って帰ってきた。

それでも亮の体はなかなか減らなかった。全部食べさせるには一年はかかりそうだった。

「いつもありがとう、今日も美味しかったよ」

空になった弁当箱を亮は夏奈に手渡す。

「今度さ、あれまた作って」

「あれって?」

「夏奈の焼き豚チャーハン」

翌日、初めて亮百パーセントで調理してみた。さすがに挽肉では焼き豚もどきは作れない。いくら味付けを濃くしたといっても、豚肉じゃないことがバレるかな、と内心ヒヤヒヤだったが亮はその日も綺麗に、焼き亮チャーハン弁当を完食した。

空の弁当箱を洗っていると、窓を雨が叩き始めた。

夏奈は亮の肉を調理するのに使っていた包丁やまな板などをすべて捨てた。

初めて弁当に魚料理を入れた。

「今日の鯖《さば》の竜田揚げすっごい美味しかったよ」

いつになく亮は笑顔だった。

「夏奈の作ってくれるお弁当美味しかったけど、いつも肉料理ばっかりだったから、たまには魚も食べたいなって思ってたんだよね」

「なんだ、それならそうと、もっと早くに言ってくれれば良かったのに」

まぁ、実際にそう言われたら困っただろうけど。

「あとさ、俺もやっぱ料理するよ、共働きなんだからさ、家事は分担しないと」

もう夏奈が台所を占領する必要はない。

「そう？　じゃあお願いしようかな」

夏奈は承諾した。

仏間の窓から孔雀の家を覗く。今日もカーテンは閉じられたままだった。

孔雀が旅行から帰ってくる前に亮を殺さなければ。

久しぶりに祖父母の位牌《いはい》に手を合わせる。線香をあげようとするが、なかなか火がつかない。湿気《しけ》ているみたいで、新しいものを探したが見当たらない。今度買ってこなければ。

以前から時々料理をする亮だったが、亮の味付けは少し濃い。それでもお弁当として食べるにはちょうどよかった。亮は夏奈が作ってくれたからと、時々夏奈にお弁当を持たせるようになった。

職場ではそれを羨ましがられた。夫が作ったのだと言うつもりはなかったが、つい口が滑ってしまった。

それからというもの一緒にお昼を食べる仲間たちは、夏奈のお弁当の中身に興味津々で、「今日も旦那さんが作ってくれたの?」と毎回のように聞いてきた。一度今日のは自分で作ったと言うと、彼女らは少しがっかりした顔をした。

夏奈は自分が作った日でも、亮が作ったのだと嘘をつくようになった。断じて見栄なんかじゃない。彼女らを喜ばせるためだ。せっかくならランチタイムは楽しい方がいいじゃないか。

その話を亮にすると「じゃあ、俺が弁当担当になってもいいよ」と提案してきた。

「つか、料理はできる方ができる時にしようよ」

てっきり亮は早くも料理するのが面倒臭くなったのだと思ったら逆だった。これまでから一転して、夏奈が時々料理する程度になってしまった。

一度亮が夏奈の職場にお弁当を持ってきたことがあった。その朝、夏奈がうっかりバッグに入れるのを忘れてしまったからだ。

その日一日、職場では「噂《うわさ》の弁当旦那」の話で持ちきりだった。

あんな素敵な旦那さんに、毎日あんなお弁当を作ってもらえるなんて、羨ましすぎる、まるで天使のような旦那さんだともてはやされた。

さらに同僚の一人が、読んでいる漫画に出てくる大天使ミカエルによく似ていると言い出し、亮にミカエルというあだ名までつけた。

「今日のミカエル弁当の中身は？」

昼休みになると同僚たちが夏奈に寄って来てそう尋ねる。

夏奈は懸命に顔が緩まないように堪《こら》えながら、それでも込み上げてくる喜びを密かに噛みしめた。

どんなに夏奈のお弁当を物欲しそうに見られても、夏奈は一口も味見をさせなかった。いつも残さずきれいに自分で食べた。

そんな夏奈を同僚たちは羨望の眼差《まなざ》しで見つめた。中には「見せつけて」と陰口を叩いている人もいたみたいだったが、そんな言葉さえも夏奈には心地よかった。

もちろん、たまには亮の愚痴をこぼしたりもした。料理してくれても後片付けが下手だとか、味付けが濃すぎるとか。そんなたわいのないことで、聞きようによってはただののろけだった。

亮も夏奈が作ったお弁当を職場で食べていた時はこんな感じだったのだろうか？ ありがとう、と空のお弁当箱を手渡す亮の笑顔を思い出す。

夏奈は愛し愛されるおしどり夫婦を演じた。

そうだ、これは断じて演技だ。いつかは終わるお芝居だ。だって自分は亮を殺さなければいけないのだから。

いつまでも手をつけていない夏休みの宿題のように、その決意は夏奈の心の隅にあった。冷凍庫の中の亮がなくならないように、それは夏奈の心からもなくならなかった。

今日も美味しかったよ、と夏奈は空のお弁当箱を満面の笑みで手渡す。それとは反対にお弁当箱を受け取る亮の顔はだんだんと曇っていった。

「あのさ、明後日の夜だけど、夏奈が夕飯作ってくれないかな」

さすがに亮も、最近の不平等な状況に不満を感じ始めたのだろうか。というか、あのデーモン亮が、なりを潜め続けているこの状況が異常だ。

「うん、いいよ。たまには私も腕を振るおうかな、じゃないとなまっちゃうよ、て、なまる程の腕じゃないか」

自身の殺意を頂点に持っていくためにも、亮にはまたデーモンに戻ってもらわないと困るが、まだもう少しミカエル亮と、この状況を楽しみたい気持ちもあった。

「できたら肉料理で」

「うん、いいよ、何かリクエストはある？」

亮があげたものは自家製のソーセージにキーマカレー、どちらも以前夏奈が亮の肉を使って作ったものだった。

「うーん、分かった。前と全く同じにできるか分からないけど、それでもよければ」

夕飯となれば自分も一緒に食べるのだ。まさか亮の肉を使うわけにはいかない。

「あと、三人分お願いできるかな」

「三人分？」

「実は明後日、連れてきたい人がいるんだ」

驚いた。亮が人を家に呼ぶような親しい人付き合いを外でしているとは。

「それとちょっとその前に話しておきたいことがあるんだけど」

と言いながら亮は口ごもる。どうも様子がおかしい。

「怒らないで聞いて欲しいんだけど、いやっ、怒って当然か……、えっと、ずっと言わなくちゃって、思ってたんだけど言えなくて、その、あの、最近知り合った人なんだけど、あっちからどうしても夏奈に会いたいって言われてさ、俺、断れなくてさ」

亮の目が激しく泳いでいる。

「そのっ、先に謝っとく、夏奈ごめん！」

亮はぶんっと頭を下げた。

「明後日全部話すから、それでどうするかは夏奈が全部決めていいから」

「は？」

「こ、今晩はトンカツだよ！　あ、しまった。パン粉切らしてたから、ちょっと一走り買ってくる」

亮は逃げるように家を出て行ってしまった。

なんなんだ今の亮は。

夏奈が怒る？　どうするか決める？　最近知り合った？　相手が夏奈に会いたがってる？　夏奈ごめんって、それって、もしかして、

女？

最近の亮はずっとミカエルのようで、女の気配が全くなかったのですっかり忘れてしまっていた。

もしかして、ここ最近の亮が気味が悪いほど優しかったのは、それが原因か？　浮気の罪悪感から、急に妻に尽くしたりする男は多いと言うではないか。

そう考えると全てが合致するような気がした。外に女がいたことはあったが、どれも出会い系アプリで知り合った、ただの遊び相手だと思っていた。家に連れてくるなんて、今回は浮気じゃなくて本気か？

もしかして離婚を切り出される？

以前、亮をもらってくれる女はいないものかと思ったこともあったが、いざそれが現実になると、複雑な気持ちだった。でもやはりここは喜ぶべきなのだろうか？

色々な考えが頭の中をめぐる。

もし女を連れてこられたら、どんな反応をすればいいだろうか？　一応演技でも怒ったふりをして、その後二人を赦す良妻を演じるのが自然か？

そしてそのまま亮を引き渡す？　うまくいけば女から、いくばくかお金も取れるかも知れない。

そればかりじゃない。これで亮がいなくなってしまえば、亮をまた殺す手間が省けるではないか。万々歳だ。

でも……。

夏奈はテーブルに置かれた空の弁当箱を見る。

『大天使ミカエル』『あんな旦那さんがいて羨ましい』職場の同僚たちの称賛の言葉。

『これからはいい夫になるからさ、今までの何倍も』

雨粒が当たる窓に映った亮の真剣な眼差し。

あの言葉とあの瞳は全部嘘だったのか？

おしどり夫婦を演じていたのは、夏奈だけではなく亮も同じだったということか。

胸に泥水が溜まっていくような気分になる。

「こんなことなら、もっと早く殺しておけばよかった」

夏奈は空の弁当箱を乱暴に流しにおいた。

約束の日、仕事が終わった夏奈は、のろのろと帰り支度をして会社を出た。スーパーでもわざとゆっくり買い物をする。

夕飯のメニューは亮のリクエスト通り、キーマカレーと香辛料がたっぷり入った自家製ソーセージだ。亮の肉入りではなく、豚肉だけで作るので、味の差に気づかれないか少し不安だが、どちらも濃いめの味付けなので大丈夫だろう。ソーセージは昨夜のうちに作っておいたので、今日はカレーを作るだけだ。

時計を見ると、六時半を少し回ったところだった。八時に亮は相手を連れて帰ってくると言っていた。

カレーの下準備を済ませると、夏奈は念入りに化粧を直し服も着替えた。相手はどんな女なのだろう？　自分より若いのか？　それとも年上か？　自分と全く違うタイプだったりするのだろうか。

最近知り合ったと言うから、優しいミカエル亮しか知らないのだろう。デーモン亮が顔を現す前にさっさと引き渡して、こっちに返却できないよう、法的な手続きを済ませてしまった方がいいかも知れない。

離婚届と婚姻届を用意しておいた方がよかったか？　いやいやそれは早急すぎる。怪しまれてしまう。それにしても……。

今日何度目かのため息が出た。

夕食の準備がちょうど整った時、玄関で「ただいま」と亮の声がした。

キタ！　いよいよだ。

玄関まで行くべきか、それとも台所で待つべきか。夏奈の心臓が高鳴る。

「お邪魔します」

ん……？

男の声がした。

「夏奈〜」

「はっ、はい」

夏奈は台所から走り出た。亮の後ろで大男がかがんで靴を脱いでいる。

男！

夏奈は拍子抜けし、廊下の壁に寄りかかる。

なんだ……、女じゃないのか。全て夏奈の早合点だったということか？

「彼、今んとこで一緒に働いてる……」

「蒲田《かまた》です」

男が顔を上げた。

「あ！」

夏奈は思わず声をあげる。夏奈を見た男も目を丸くしている。

亮が連れてきた男は、この前スーパーで偶然出くわした、婚活パーティ男だった。

「亮の奥さんって夏奈さんだったんだ！」

「なに？　二人は知り合い？」

「えっと」

夏奈は突然の展開に慌てる。婚活パーティで知り合った、と言っていいものかどうか。蒲田はそれを察したのか、夏奈に話を合わせるつもりなのか、黙っている。

本当にできた男だ。

夏奈が困っていると、蒲田が助け舟を出した。

「料理教室で知り合ったんですよ」

夏奈と蒲田が出会った婚活パーティは、一緒に料理を作りながら親睦を深めるという、ちょっと変わった趣向のものだった。料理教室ではないが、あながち嘘ではない。

「そうそう」

「へえ〜、蒲田、料理教室なんか通ってたんだ」

「あ、僕は一回でやめちゃったけどね、だから今でも全然料理ができない」

「だな」

亮は目尻に皺を作った。

「さ、上がって上がって。もう準備できてるよ」

夏奈はこれ以上詮索されないうちに、二人を奥に促す。

「あ、これ」

蒲田が夏奈に花束を差し出した。

「お礼です」

「お礼？」

夏奈は蒲田と、そして亮を見た。

「まあまあ、いいじゃん、そのことについては後からで」

亮は蒲田から花束をもぎ取ると、夏奈に無理やり握らせた。姫ひまわりとかすみ草の小さな花束だった。

四人がけのテーブルに亮と蒲田が並んで座り、亮の向かいに夏奈の席を作る。ガラスのコップに入れた花をテーブルの真ん中に置く。小さな花束は食卓を邪魔することなく、文字通りその場に花を添えた。

「なんか懐かしい感じでいいなぁ」

蒲田は台所とそれに続く居間を見渡す。

なんの変哲もないただの古い一軒家で、台所の床はいくら拭いても汚れが落ちないし、さほど広くない居間の畳は陽《ひ》に焼けている。それでも蒲田はこの家がとても気に入ったようだった。

「なんか実家を思い出すなぁ、いいなぁ、温かいこういう感じ」

蒲田は良い家庭で育ったのだろう。蒲田の人柄の良さからもそれは見て取れる。蒲田と両親、それに面倒見の良さそうな蒲田には、弟や妹もいるかもしれない。さらに両親の祖父母、みんなで食卓を囲む姿が目に浮かぶ。

「実家どこだっけ？」

冷蔵庫を覗き込みながら亮が蒲田に尋ねる。

「福岡。毎年盆と正月には帰るよ」

祖父がまだ生きていた頃は、祖父と母、夏奈の三人でお正月を過ごしていたが、祖父が死んでからはいつも母と二人きりだった。

しかし夏奈が結婚してから、母はリゾートホテルでひとり満喫する楽しみを覚えたようで、この二年間新年は亮と二人きりで過ごしていた。

今年はそうだ、夏奈が三十九度の高熱を出して寝込んでしまったのだった。『まじインフルエンザとかやめてくれよな』亮はそう言って、夏奈の寝ている部屋に近づこうとすらしなかった。

三が日が明け、ようやく行けた病院で夏奈はインフルエンザだと診断された。夏奈はただの風邪だったと亮に偽り、自分の唾液を亮の食事に混ぜた。にもかかわらず亮は感染することもなくピンピンしていた。

その時流行っていたインフルエンザウイルスの感染力はすさまじいものだと言われていたのに、それに対抗する亮の免疫力が恨めしかった。

さすがデーモンだ、目に見えないほど小さなウイルスなんかにはびくともしない。今年も家族団らん幸せな正月を送ったであろう蒲田は、この場に不適切に思えた。倉庫の冷凍庫に死体があるような家に居てはいけない男なのだ。

「あれ～ビールないの？」

亮が冷蔵庫から頭を出した。

「あ、ごめん、今切らしてて」

「じゃあ俺、ちょっくら買ってくるわ」

「え、いいよ、いいよ」

しかし蒲田が止めるのも聞かず、亮は財布だけ持つと家を出て行ってしまった。

台所に夏奈と蒲田の二人だけになる。

「いや〜それにしてもさっきはびっくりしました。亮の奥さんが夏奈さんだったなんて、あんな感じでごまかしちゃったけど、よかったですか？」

「ぜんぜん、それに本当のことがバレても問題ないですよ、別に悪いことしたわけじゃないし」

「そうですけど、なんか僕が後ろめたい気分になっちゃって」

「後ろめたい？　なんで？」

「だってもしかしたら僕と夏奈さんが結婚してたかも知れないんですよ。僕が亮の将来のお嫁さんを奪ってたかも知れないと思うと、なんだか急に亮に悪い気がしてきて、とっさにあんなこと言っちゃいました」

呆《あき》れるほど人のいい男だ。

「やってもいないことを想像して恐縮するなんて、疲れませんか？」

性分なんです、と蒲田は頭をかいた。

「お腹空いてるでしょ？　これでも食べて待ってます？」

夏奈はキャベツを塩昆布でもんだものを小鉢に盛って蒲田に出した。

「わ、僕、普段野菜不足だからありがたいです」

蒲田はあっという間にキャベツを平らげた。「もっと食べます?」と聞くと蒲田は「すみません」と頷く。

「それになんて言うか、僕あの時、夏奈さんのこといいなって、ちょっと思ってたんです。だからなおさら亮に悪い気がしたんだと思います」

「え?」

夏奈は小鉢を取り落としそうになる。

「あ、今のは忘れてください」

蒲田は両手を突き出し振った。

「夏奈さんはぜんぜん僕のことなんか眼中になさそうだったし、僕、自分から声をかけるとかそういうのぜんぜん駄目で」

蒲田が私を?

だったらなぜあの時そうしてくれなかったのだ。もし蒲田が勇気を出して、声をかけそれで結ばれ結婚していたら、そうしていたら——。

自分は殺人なんて犯さずにすんだかも知れないのに。

「そうだったんですね、なんかごめんなさい。眼中にないとか、そういうのじゃなかったんだと思うんですけど」

そうすれば今、二人はここに夫婦としていたのだ。もしかするとすでに子どもの一人もいたかも知れない。時間を巻き戻せるのならそうしたい。そうでなければこのまま亮が帰って来なければいいのに。

「正直、ほんと亮が羨ましいです。あいつ現場でいつも夏奈さんの話をするんですよ」

「悪口ですか」

「とんでもない。のろけですよ、のろけ。でもそういえば……。あの、立ち入ったこと聞いてもいいですか？」

「なんですか？」

「亮と夏奈さんって、昔なんかあったんですか？」

「なんかって？」

あった、大ありだ。

「いや、亮がよく言うんですよ。今まで苦労かけたから、自分の残りの人生全てをかけて大事にするんだ、って」

同じだ。あの雨の日に亮が夏奈に言った言葉と。

「残りの人生をかけてだなんて、亮はそんなことを言ったんですね」

「夏奈さんは本当に亮から想われているんですね」

そんなこと言われても、もう遅いのだ。亮にはさんざん苦労をかけられた。夏奈は十分すぎるほどそれに耐えた。だが亮は夏奈に容赦なかった。

だから殺した。そして亮はまた殺されようとしている。亮の残りの人生はあと少しだ。全てはもう手遅れなのだ。もし亮が本当に今まで夏奈にしてきたことを反省しているのなら、このまま消えてくれ。そもそも、一度殺したのになんでまた別の亮が現れるのだ。これこそが最大の苦労だ。

「夏奈さん？」

「え？」

「なんか僕余計なこと言っちゃいましたね。でも余計ついでに言わせてもらうと、二人に何があったかは知りませんが、亮はそれをとても後悔して、今は改心していると思うんです。だからどうか夏奈さん、亮を赦してやってください」

蒲田は夏奈に頭を下げる。

「もう手遅れです」

「え？」

「あ、いえいえ、亮遅いですね、どこまでビール買いに行ってるんだろ」

夏奈の返答に、蒲田は残念そうな表情を浮かべる。

「大丈夫ですよ蒲田さん、分かってますから。亮は蒲田さんみたいなお友だちがいて本当に幸せ者ですね。だから私もこれからたくさん幸せにしてもらうつもりですよ」

蒲田の顔がパッと明るくなる。

亮にはもう一度死んでもらって人生をやり直すのだ。

玄関で亮の声がした。ビニール袋をぶら下げた亮が入ってくる。

「おかえり、遅かったね」

「ごめん、ごめん、お待たせ、さ、始めよう」

亮は袋からビールを取り出しテーブルに並べると、両手を擦《こす》り合わせながら椅子に座った。

自家製ソーセージとキーマカレーが登場すると、蒲田は大げさに喜んだ。

「わ〜、これこれこれ」

乾杯もそこそこに蒲田は自家製ソーセージにかぶりついた。

「うまい」

満面の笑みを浮かべる。

「自分でソーセージ作るなんて、料理上手な人じゃないと無理ですよ」

「私の料理の腕は中の下ぐらいですよ」

亮の肉を消費するために、いろんなレシピを考えざるを得なかっただけだ。現にこのソーセージを作ったのはこれで二回目だ。一回目は亮の肉との合挽だから、本物の豚肉だけで作ったのはこれが初めてだ。昨日味見してみたがなかなかの出来だった。若干味が濃すぎる気がしたが、ビールのつまみにはちょうどいい。

「うん、うまい！」

蒲田以上に亮が感嘆の声をあげる。

蒲田はカレーも一心不乱になって食べる。亮の食いっぷりもいいが蒲田はそれ以上だ。

「やっぱり弁当より、こうして食卓を囲んで食べる方がずっとうまいよなぁ」

蒲田がしみじみと言う。

「お弁当より？」

「あ、いいえ、弁当もすっごい美味しかったですけど、やっぱり出来たては違うなって」

慌てた蒲田の口から米粒がぷっと一つ飛んだ。

「え？」

「夏奈さんの料理はどれも美味しかったけど僕、ソーセージとカレーが特に好きだったんで、今日すっごい嬉しいです」

美味しかった？　過去形？　蒲田が自分の手料理を食べるのは今日が初めてのはずだ。料理婚活の時はグループが違ったし、そもそもあれは誰が作っても、みな同じような味になる。

「亮が夏奈さんにリクエストしてくれたのか？」

無垢《むく》な笑顔の蒲田とは対照的に、亮は苦笑いを浮かべている。

「いや、俺は別に弁当のおかずを食べたくなかったわけじゃなくて……」

明らかに亮の態度がおかしい。嫌な予感がする。まさか……。

「おい、亮、お前もしかして……」

「えっと、だからその、今晩夏奈にそれを言おうと思って……」

自分の失言に気づいた蒲田は、慌てて居住まいを正した。

「夏奈さん、すみません！　亮のための愛妻弁当を僕が食っちゃってました」

どーーーーんっ。

と、地響きのような音がした。目の前が真っ暗になる。

「いや夏奈、ほら俺はいつも家で夏奈の手料理食べてるからさ」

全身から血の気が引いていく。

食べた？　あれを食べた？　蒲田が？

「ごめん夏奈！」

亮が両手と頭をテーブルに押し付け、土下座のようなポーズを取る。

これか！　謝らなければいけないことというのは。

蒲田も隣の亮を見て同じようにテーブルに頭を押し付ける。

「すみません夏奈さん、夏奈さんの弁当があまりにも美味しそうで、いつも僕が奪って食べちゃってました」

「あ、でも魚料理の時は俺が食べたよ」

亮がひょいと顔を上げる。

「さ、魚以外の時は……？」

「すみません、肉の時は僕が全部食べてました！」

蒲田が強く頭をテーブルに擦り付ける。

「りょ、亮は一度も肉の時は食べてないの……？」

「ごめん！　夏奈！」

ぐらぐらと地震のように夏奈の立っている場所が揺れた。

なんと、亮は一度も亮の肉を食べなかったというのか、全部それを食べたのが蒲田だというのか、そんなことがあっていいのか！

この人でなし――――――！

夏奈は亮を怒鳴りつけたかった。

「な、夏奈？」

亮が恐る恐る夏奈の顔色をうかがっている。夏奈は渾身《こんしん》の力で亮を睨みつけた。なんということをしてくれたのだ。よりによってこの人のいい蒲田に食べさせるなんて。全身がわなわなと震え、一気に熱い血がつま先から脳天まで駆け上がってくる。

「ごめん、本当にごめん！　気がすむまで俺に怒りをぶつけてくれ。煮るなり焼くなり好きにしていい」

それはもうした！　やはりとっとと亮を始末しておくべきだった。こいつはやっぱりデーモンだ。デーモン亮をのさばらせておくと、ろくなことがない。

「夏奈さん、悪いのは亮じゃなくて僕です。煮たり焼いたりするのは僕にしてください」

「いや、悪いのは俺だ」

亮と蒲田は美しい男の友情で庇《かば》い合う。なんだか赦さない夏奈が悪者みたいになってくる。

「なんだ、それだったらそう言ってくれれば、二人分お弁当作ったのに」

夏奈はこわばった顔に無理やり笑みを作る。

「亮、明日からまた私がお弁当作ってあげる」

こうなったらやり直しだ。

二人は夏奈の顔色をうかがいながら恐る恐る顔をあげる。

「さ、もっと食べて食べて」

お互いの顔を見合わせると、亮と蒲田はそろそろと手を動かし始める。

次第に気まずい雰囲気はその場から消え、赦されたと思った亮はいつになく饒舌《じょうぜつ》でよく食べよく飲んだ。

帰り際、一瞬夏奈と二人きりになった蒲田は「本当にすみませんでした」とまた頭を下げた。

謝らなければいけないのはこっちの方だ。謝っても謝りきれない。夏奈のやり場のない蒲田への罪悪感は、怒りとなって亮に向けられていった。

玄関で蒲田を見送ると、亮は夏奈の機嫌を伺うように話しかけてきた。

「夏奈、今日は疲れただろ、後片付けは俺がするから夏奈は風呂にでも入ってきなよ、それと弁当のことだけど……本当に悪かった」

「もういいってば、じゃあお言葉に甘えてお風呂入ってこようかな」

亮への怒りを上手く作り笑いでごまかし浴室に向かう。服のファスナーに手をかけようとして手を止める。

そうだ、今のうちに明日使う亮の肉を確保しておこう。

夏奈が廊下に出ようとすると亮の後ろ姿が目に飛び込んできた。亮はそのまま玄関で草履を引っ掛けると外に出ていく。

ゴミでも出しに行ったのか？　しかし台所を覗くと食卓の上にはまだ汚れた皿が載ったままだ。

不審に思いながら夏奈は亮の跡を追う。すぐに庭先に亮の姿を見つける。

どきりと夏奈の心臓が鳴った。

亮は倉庫に入って行った。中で懐中電灯の細い光がチラチラと瞬いている。

しばらくしてその光が出入り口に向いたので、夏奈は慌てて家の中に入った。浴室で息を潜めていると、台所から水音が聞こえてきた。

いったい亮は何をしに倉庫に行ったのだ？

カラスの行水のごとくぴゃっとお湯を浴びる。

「ねえ、亮、さっき外に出てた？」

濡れた髪をタオルで拭きながら、皿を洗っている亮にさりげなく尋ねる。

「ん？　ああ、ゴミ出し」

「夜のうちに出すと怒られるよ」

「平気だよ、他にも出してる人いたし」

それだけじゃないだろう、倉庫にも行っただろうが。

「さ、俺も一風呂浴びようかな」

皿を洗い終わった亮はそのまま台所を出て行った。

すかさずゴミ箱に駆け寄ると中は確かに空だった。ぴしりと新しいゴミ袋がセットされていた。


その晩、亮の寝息が聞こえ始めると、夏奈はそっと布団から抜け出した。音を立てないよう玄関を出ると倉庫へ向かった。

懐中電灯の光で照らし出された冷凍庫に、誰かに触れられた形跡はなかった。昼間はまぬけに見える薬局のカエルが、夜は途端に恐ろしく見える。

久しぶりに冷凍庫の蓋を開ける。若干霜が多くついたくらいで、亮に変わったところはなかった。

亮の肉を削ごうとして、夏奈は自分が何も持っていないことに気づく。

いろいろと気が動転していてうっかりしていた。

それに冷凍ナイフは捨ててしまったのだった。夏奈は軽く舌打ちする。

とりあえずまた冷凍ナイフを買うか、それに代わるものを探すしかない。

冷凍庫を元どおりにすると、こちらに背を向けるようにカエルを座らせた。


そろりと亮の横に体を滑り込ませると、亮は寝返りを打って夏奈に背を向けた。

「夏奈」

ぐっすり寝ていると思った亮が、低い掠《かす》れた声を出した。

「お、起きてたんだ」

亮はまたくるりと体を反転させ、夏奈と向かい合った。その目がぼんやりと開いている。

「蒲田っていい奴だろ」

それだけ言うと、亮のまぶたはゆっくりと閉じた。半開きの口から寝息が漏れ始める。

亮の寝顔はまるで幼い天使のようだ。

でもこのミカエル亮があれを蒲田に食べさせたのだ。この人でなし天使め。

次の朝、夏奈はいつもより早く起き身支度を整える。

昨晩寝ながら肉切りナイフがあったことを思い出した。台所のどこかにしまったはずだが、それがどこだか思い出せない。台所のあちこちの扉を開けて探していると亮が起きてきた。

「何探してんの」

昨晩の飲み過ぎで顔がむくんでいる。

「あ、うん」

夏奈は曖昧に応える。しばらく突っ立っていた亮はふらりといなくなると、少ししてまた戻ってきた。

「もしかしてこれ探してんの？」

亮の手には白い布で包んだ何かがあった。

包みから出てきたのは、探していた肉切りナイフではなく、捨てたはずの冷凍ナイフだった。

「間違ってゴミに出されてたから拾っといた」

夏奈は不審に思った。

捨てる時、夏奈は間違いなく古紙に何重にも包んで、ぱっと見なにか分からないようにしていたはずだ。

「それと夏奈、弁当は作らなくていいから。その代わりたまにでいいから、また蒲田をうちに呼んでもいいかな」

最近の亮には珍しく、夏奈にいやと言わせない物言いだった。

蒲田とはもう会いたくなかった。これから亮を殺すことを考えても、なるべく共通の知人は少ない方がいい。

それにしても以前は浮気女以外、人づき合いなど全くしなかった亮がどうしたというのだ。それにいつまでたってもデーモンに豹変しない。

冷蔵庫を開けると丸々としたマヨネーズが鎮座していた。

何かがおかしい。

庭先に転がる蟬の亡骸《なきがら》が多くなった。相変わらず暑い日が続き夏の終わりを実感することはできないが、もう秋はすぐそこまできていた。

孔雀の家はひっそりとしたままだった。

ゴミ出しから帰ってくると、亮が朝からゲームをしていた。

「仕事行かなくていいの？」

「ん、今日の現場十時からだから、でも、もうそろそろ支度しないと。夏奈こそいいの？」

「今日、代休取ってるんだ」

「そうなんだ」

朝食の余りにラップをかけ、冷蔵庫にしまう。昨夜のコンビーフポテトサラダがタッパーに入っているのを見て、

「あ……」

夏奈はさっきのゴミ出しで、コンビーフ缶の鍵を捨ててしまったことに気づいた。

「亮ごめん、コンビーフの鍵、間違ってゴミに出しちゃった、すぐに拾ってくるね」

亮は手元をせわしく動かしながら、のんびりとした声を出した。

「えーいいよ、そんなことしなくても」

「だって……」

あっ——と、亮はあぐらをかいたまま、コロンと転がった。

「畜生、ここ何度やってもクリアできねぇ」

転がったまま時計を見ると、「やばっ、こんな時間だ」と、一瞬で起き上がり、洗面所に走って行った。

慌てていたせいか、終了させたゲームはまだ電源がついたままだった。代わりに夏奈が操作しようとして、はたと気づく。

このゲームは前に亮がやっていたのと同じものではないか。それに確かこれは何度も全ステージクリアしたはずだ。そしてゲーム機は壊れた。

「夏奈」

くぐもった声で名前を呼ばれる。歯を磨きながら亮が立っている。

「今度さ、どっか行こうよ、たまにはさ」

それだけ言うと亮は洗面所に戻って行った。

がらがらぺーっと、口をゆすぐ音が居間まで聞こえてきた。

亮が出かけてすぐに、夏奈は亮がスマホを忘れていったことに気づいた。今から走って追いかければ間に合うだろう。でも夏奈はそれをしなかった。

亮のスマホを手に取る。不精な亮はスマホにロックをかけない。それで以前に何度か盗み見た。そして浮気を見つけた。

今日もパスコードを聞かれることなくホーム画面が開いた。

夏奈は思わずスマホを取り落としそうになる。

シュークリームを両手に持ち、嬉しそうな顔をしている夏奈の写真が目に飛び込んできたからだ。

前に見た時は、買ったそのままの無機質なホーム画面だったのに。

写真の背景には小洒落《こじゃれ》たケーキ屋の店先が写っている。初めてその店のシュークリームを食べた時のものだった。あの頃はまだ亮が本性を現すことなく、夏奈が幸せな結婚生活を送っていると思っていた時だ。

スマホ画面に指を滑らせる。

どこにも出会い系アプリはなかった。カメラアプリを開いて見ると、いくつかの風景写真に混じって、いつ撮ったのか何枚もの夏奈の写真が出てきた。庭先で洗濯物を干していたり、台所で料理をしている後ろ姿だったり、居間でうたた寝をしている姿もあった。

仕事場だと思われる写真もあった。様々な年齢の男たちが並んで笑顔を向けている。

その中に蒲田の姿もあった。

そのままスクロールさせる。ある写真で指が止まる。

夏奈は息を呑《の》んだ。

あった、女の写真。

明るい色に髪を染めた、ギャル風の女が何枚か写っている。中には安っぽいラブホテルとおぼしき所で撮ったものもあった。

思い切ってLINEを開いてみた。

一番上に現れたのは、夏奈と交わしたメッセージだった。その下に蒲田。あとは職場の人間と思われる相手と業務連絡的なやりとりがいくつか。

そしてやはりあった、実際の写真を相当いじった、目の大きすぎる女のアイコンが。

メッセージ画面を開く。

『ごめん』

亮の言葉で終わっていた。日付は一ヶ月以上前。

亮は女と別れていた。

LINEを閉じるとまた夏奈の写真が現れる。

夏奈はその写真を見つめる。

なぜ亮は今さらこんなことをするのだ。なぜ女と別れたりするのだ。なぜあのまま殺したいほど憎たらしいデーモン亮のままでいてくれないのだ。なぜミカエル亮のままなのだ。

これでは殺しにくいではないか。

夏奈は亮への殺意が薄れていくことに焦りを感じ始めていた。それは今に始まったことではなかった。少し前から、いや多分亮を殺した次の朝から、夏奈は心のどこかでずっと亮を殺してしまったことを後悔しているのかも知れない。

愛していたのだ、亮を。亮を殺すために自分は亮と結婚したのではない。幸せになるために結婚したのだ。雨の日の出会いは運命の出会いのはずだった。

今のミカエル亮は、まるで出会ったあの頃のままの亮だった。その亮が夏奈をじわじわと刺激する。ミカエル亮が現れなければ、多少の後悔はしてもそれなりに夏奈の中で言い訳をかき集め、殺してしまったことを正当化できたのに。今の亮さえいなければ、もっと楽になれたのに。

封印していた問いが頭をもたげる。

今の亮はいったい何者なのだ？　いや、今の亮は確かに自分の知っている亮だ。亮のいいところだけを残したような亮。

今の亮は本当に存在しているのか？　夏奈が無意識に生み出した幻想なのではないか？　もしかしたら夏奈は亮を殺した時からおかしくなってしまっているのか？　全ては幻か？

幻は冷凍庫の中の亮であってくれたらいいのに。あの亮さえいなくなってくれれば、夏奈はミカエル亮と平穏な毎日を過ごしていける。それこそ昔、夏奈が望んだ結婚生活そのものだ。

夏奈は大きく息を吸った。

やり直そう。

冷凍庫の中の亮を始末して、なかったことにするのだ。あの亮を幻にしてしまうのだ。

夏奈はサンダルを引っかけ外に出た。眩しい太陽が照りつける。

倉庫の扉を開ける。一瞬倉庫の中は真っ暗に見えたが、目が慣れてくると次第にガラクタ類の形がはっきりしてくる。

冷凍庫のある倉庫の隅に目をやった時、ドキリとした。

カエルが夏奈の方を見ていた。

昨晩、確かに後ろを向かせたカエルが正面を向いていた。

玄関先でサンダルを脱ごうとして足がもつれ転ぶ。

「痛っ」

膝から血が滲《にじ》み出る。

亮は知っている。あの冷凍庫の中に何が入っているかを。


職場でもらったという調理パンを口に運ぶ亮を、夏奈はチラリと見る。亮は口元を拭うと水を飲んだ。カランとコップの中で氷が鳴る音が響く。

「なに夏奈？ さっきからチラチラ俺を見て。俺ってそんなに男前？」

そう聞かれ、咄嗟《とっさ》に夏奈は誤魔化し笑いで、どうにかその場を取り繕う。

「夏奈あんまり食べてないね、食欲ないの？」

「う……ん、それもあるけど、なんだか私だけ悪くて。亮も少し食べたら？」

調理パンは今日中に食べなければいけないからと、亮は自分が作ったのにもかかわらず、夏奈の皿だけにピーマンの肉詰めを盛った。

「じゃあ、もらおうかな」

亮は夏奈の皿を自分の方に引き寄せた。

「私、先にお風呂入ってくるね。洗い物流しにつけておいてくれたら、後で洗うから」

「ん……」

亮は親指を立てた。

夏奈がお風呂から上がって台所に戻ってくると、食卓の上は綺麗に片付けられ、食器も洗われていた。麦茶を飲もうと冷蔵庫を開けると、さっき夏奈が食べ残したピーマンの肉詰めが皿に盛られたままラップをかけられていた。

亮は居間で電気もつけず、暗い中ゲームに熱中している。

「洗い物してくれたんだ、ありがとう」

その背中に声をかける。

「くうっ――――」

亮はゲームのコントローラーを指で連打するが、あえなく敵に倒される。すぐさま新しくスタートさせる。

「ねぇ、それってさ、前はけっこう簡単にクリアしてたよね」

ゲームの中の亮はまたあっという間に死んだ。亮が振り向く。

「してないよ」

その顔は無表情だった。亮はテレビ画面に向き直る。

「このステージじゃないよ、夏奈の勘違いだよ」

違う、このステージどころか、このゲーム自体を何度もクリアしてるはずだ。

「夏奈」

またもやゲームの中の亮はあっけなく敵にやられる。

「髪の毛早く乾かさないと、風邪ひいちゃうよ」

背中を夏奈に向けたままの亮の声は優しかった。

居間からのゲーム音を聞きながら、夏奈は布団の中で寝返りを打つ。デジタル時計の青い光は午前一時を示していた。もう二時間も寝つけないでいる。

それでも無理にまた目を閉じる。瞼の裏に亮の背中、そして正面を向いたカエルの顔が浮かび上がる。

目を開ける。

さっきからずっとこの繰り返しだ。

微《かす》かに玄関の方で物音が聞こえた。

夏奈は布団から抜け出すと、足音を忍ばせこっそりと居間を覗いてみた。

つけっ放しのテレビの前には誰もいなかった。

そのまま外に出る。この前と同じように倉庫から懐中電灯の光が漏れている。

夏奈は倉庫に忍び寄りそっと中を覗いた。

亮が冷凍庫の蓋を開け、中を覗いていた。ここからでは亮の表情は見えない。

亮の右手には冷凍ナイフが握られていた。

夏奈は転げるように家へと戻った。布団に潜り込み暴れる心臓を抑える。

まさか、まさか。

それに続く言葉は恐ろしすぎて形にできない。

猛烈な吐き気がこみ上げてきた。口を押さえてトイレに走る。便器に顔を突っ込み嘔吐する。さっき食べた夕飯を残らず吐き出した。

ラップがかけられた冷蔵庫の中のピーマンの肉詰め。結局亮は一口も食べていないようだった。

「夏奈」

いつ戻ってきたのか、ドアの向こう側で亮の声がした。

「夏奈、どうした？　大丈夫か？」

夏奈は滲んだ涙を拭った。

やっぱりこいつはデーモン亮だ。ミカエルの仮面を被《かぶ》ったデーモン亮だ。早く殺さないとこっちがやられる。

トイレから出ると心配そうな顔をした亮が立っていた。

「夏奈、気分悪いのか？」

「ん、大丈夫、吐いたらスッキリした」

歯を磨いて布団に戻る。亮は念のためにと、夏奈の枕元に洗面器と水を入れたグラスを置いた。

もう大丈夫だというのに、亮はずっと夏奈の背中をさすっていた。

その手がいつ自分の首に伸びてくるかと、夏奈は朝まで一睡もできなかった。

仕事終わり、駅の改札を出たところで蒲田に声をかけられた。

「ああ、やっぱり夏奈さんだ」

追いかけてきた蒲田は、屈託のない笑顔を作ってよこす。しかし、その笑顔がすぐに消える。

「顔色悪いですけど、大丈夫ですか？」

「ああ、ちょっと寝不足なだけです」

蒲田がここにいるということは、亮ももう仕事が終わって家に帰ってきているのだろうか。

「亮も今日はもう、仕事が終わってるんですか？」

そう聞いてみたが、亮とは事務所は同じだが、派遣される現場はその時によって違うのだと蒲田は応えた。

夏奈に歩調を合わせて歩く蒲田に、夏奈はもう一つ尋ねた。

「蒲田さんはいつからこちらに？」

亮は最近蒲田と知り合ったと言っていた。夏奈が蒲田と出会った婚活パーティも、都内で開催されたものだった。いつ引っ越してきたのだろうか。

「三ヶ月ほど前からです」

本当に最近だ。それでは蒲田は亮の一面、ミカエルの部分しか知らないだろう。もっともデーモン亮は夏奈だけに見せる一面なのかも知れない。現に近所での亮の評判は昔からいい。

デーモン亮に殴られていた時、夏奈は誰にも相談しなかった。やっとのことでできた結婚。母には心配をかけたくなかったし、会社の同僚にはデーモン亮のことを知られるのは絶対に嫌だった。

〝そんな男とは別れなさい〟と誰かに言われるのが怖かったのかも知れない。

けれどなぜか今、夏奈は目の前にいる蒲田に、デーモン亮のことを知って欲しいと思った。この前までは、蒲田のような人のいい男とは深く関わってはいけないと思っていたのに。

蒲田が夏奈のことを気に入っていたと聞いたからだろうか。今はどうなのだろう？　蒲田は夏奈のことをまだそういう目で見てくれているのだろうか？　もし亮と結婚しておらず、いまだ夏奈が独身だったら？

夏奈はずっとひとりだった。

誰にも相談できず亮の暴力に耐え、追い詰められた夏奈は、ついに亮を殺害してしまった。そして殺したはずの亮が次の朝、平然と家に帰って来た。倉庫の中の冷凍庫には死んだ亮がいる。そして今、生きている亮は優しい仮面をかぶって夏奈に復讐しようとしている。

こんなホラー映画のような現実を、夏奈はひとりで抱えているのだ。誰かに頼りたくなってもおかしくはない。しかも目の前には昔、自分のことが気になっていたという男がいる。その腕にすがりたくなるのは自然なことではないだろうか。

「夏奈さん、やっぱりかなり顔色悪いですよ、本当に大丈夫ですか？」

蒲田が夏奈の顔を覗き込む。蒲田は本当に優しい。

「だ、大丈夫です」

「そうですか……？　ならいいですけど」

夏奈の返事に納得できないような表情を浮かべながらも、蒲田は会話を続ける。

「弁当の件は本当にすみませんでした。いつもコンビニ弁当ばかり食べてる僕に亮が声をかけてきてくれたんです」

「亮の方から？」

「はい。これちょっと食べるか？　って。で、それがあまりにも美味しくて、僕、味をしめちゃって……すみません、それからずっと夏奈さんの作った弁当をもらって食べてました」

デーモンだ。亮は最初からすべて知っていたのだ。蒲田に近づいたのはお弁当を食べさせるためだったのかも知れない。

ここに自分と同じように亮の罠《わな》にかかった人間がいる。見えない蒲田との距離がぐっと近づいた気がした。

「夏奈さん、大丈夫ですか⁉」

夏奈は道端にうずくまる。

家まで送りましょう、と言う蒲田の言葉に夏奈は激しく首を振る。

「少し休みたい……」

「じゃあ僕の家、すぐそこなんで行きますか？　そして後から亮に迎えに来てもらいましょう」

夏奈は差し伸べられた蒲田の手を取った。


ワンルームの蒲田の部屋は驚くほど殺風景だった。

「本当にご迷惑かけてすみません」

蒲田はペットボトルの麦茶を紙コップに入れ、夏奈の手に握らせる。亮に連絡しておこうと言う蒲田に、自分でするからと夏奈は断る。

「ずいぶん物が少ないんですね」

生活感の全くない部屋を見回しながら夏奈は尋ねた。

「実は来週ここを引き払うんです。仕事も今日が最後でした」

「えっ、まだここに来たばかりなのに、もう出て行ってしまうんですか？」

別の仕事をするため小さな離島に行くのだと蒲田は言った。

「僕、同じ場所に長く止《とど》まっていられないたちなんです。若い頃はバックパック一つで世界中のいろんなところを旅しました。大人になっていい加減腰を据えて生活しなきゃと思ったんですけど、やっぱり無理ですね。しばらくすると、新しい土地へ行きたい欲求が抑えきれなくなってくるんです。それに昔から海の近くで働くのが夢だったんです。もしかしたら、気づかないだけで自分の中に理想郷みたいなものがあって、それをずっと探しているのかも知れません」

蒲田がいなくなってしまう。その腕にすがりたいと思った男が、手の届かないところに行ってしまう。

「せっかく亮や夏奈さんと知り合いになれたのは嬉しいんですけど」

「私も行きたい」

気づくと夏奈はそう口にしていた。

「え？」

「私も蒲田さんと一緒に離島に行きたい」

蒲田は冷蔵庫にしまおうとしていたペットボトルを取り落とした。

「もしかして亮とうまくいってないんですか？」

夏奈は蒲田の問いに瞬《まばた》きで返した。

「あんなに仲睦《むつ》まじい感じだったのに」

蒲田は夏奈の前に正座した。

「僕でよければ話を聞きましょうか?」

蒲田は真剣だった。

この人にかけてみよう。夏奈は決意した。

「私、ずっと亮から暴力をふるわれていたんです」

「亮が夏奈さんに?」

蒲田は大きく目を見開いた。

「それって……」

「はい、DVです」

蒲田は夏奈から視線を逸らし顎をさする。

「亮がそんな……信じられないな」

「本当です、信じてください」

夏奈は身を乗り出す。それに慌てた蒲田は夏奈の肩に手を置き、なだめるように言った。

「いえいえ、夏奈さんが嘘を言っているとは思ってないです。ただちょっと驚いてしまっただけで」

蒲田は夏奈の瞳の奥を覗き込むように見つめた。

「信じますよ、夏奈さんを」

　夏奈はほっと息をつく。

「最近の亮は優しいんです。でもその前は酷くて……」

　夏奈は今まで亮に受けてきた数々の暴力を切々と蒲田に語った。亮に病院へと引きずられ、子どもを堕ろした時のことを話す際には、涙が溢れ何度も話を中断した。

　亮に女がいたことも話した。

　蒲田はただ黙って夏奈の話を聞いていた。

「だから私この前、亮はてっきり女を連れてくるんだと思ってたんです」

　蒲田は両腕を胸の前で組み、渋い顔をわずかに左右にふった。

「それで夏奈さんは亮と離婚したいと？　その話は亮としたんですか？」

「以前しましたが、全く取り合ってくれませんでした。それに変な風に刺激して、また暴力をふるわれるかも知れないと思うと怖くて」

「確かに。僕の知る限り、今の亮は夏奈さんをとても大事にしてるように見えますが、離婚を切り出されたらキレるかもしれませんね、もともとそういう気質があるのなら尚《なお》さら」

「私もう限界なんです、これ以上亮と一緒にいるのは。本当に本当にもう限界なんです。亮から逃げたいんです、今すぐにでも」

亮を殺したという大きな事実を隠したままの告白だったが、亮から逃げたいという気持ちは、紛れもない夏奈の本心で言葉に力がこもった。

「蒲田さん、どうか私を一緒に連れて行ってください」

蒲田は腕を組んだまま押し黙っている。長い沈黙が流れた。

「夏奈さんは本当にそれでいいんですね？」

夏奈は無言で頷いた。

蒲田は組んでいた腕をほどくと、両膝に置いた。

「分かりました」

夏奈の体から力が抜ける。

これで亮から逃れられる。あの恐怖から解放される。

「ありがとう、蒲田さん、ありがとうございます」

夏奈は涙ぐんだ。まだ現状は何も変わってはいないが、頼れる人ができたというだけで、こんなにも心が安らぐものなのか。

「僕と夏奈さんは、最初からこういう運命だったのかも知れませんね」

夏奈がまさに今言わんとしていたセリフを先に蒲田に吐かれ、夏奈はより強く運命を感じた。

蒲田はそっと夏奈の手を取った。

「もう何も心配しなくて大丈夫ですよ、夏奈さん」

蒲田の手は亮の手より大きかった。

幸い蒲田は亮にまだ離島に行く話はしていないらしい。

「来週の水曜日、正午に隣駅の下り列車ホームの一番後ろ、そこで待ち合わせしましょう」

また、蒲田は夏奈にこうも提案した。

とりあえず仕事は辞めずに何か理由をつけて、来週の月曜日になったら数日休みをもらうこと。それまでは普段通りにすること。

二人はお互いの連絡先を交換した。

「そろそろ家に帰った方がいいです。少しでも亮が怪しむような行動は控えた方がいい。準備もギリギリまでしないようにしましょう。最悪手ぶらでも、お金さえあればなんとかなります。さぁ、途中まで送ります」

蒲田は立ち上がった。

家まではもう二つ角を曲がるという所で、蒲田と夏奈は足を止める。別れを惜しむように二人は向かいあった。

「大丈夫、必ず上手くいきますよ」

「蒲田さん……」

蒲田は道に誰もいないことを確認すると、ためらいがちに腕を伸ばしてきた。そっと夏奈を抱き寄せる。

「今晩連絡します。来週の水曜日まで毎日連絡しますから」

夏奈が蒲田の胸に頭を預けると、蒲田はそっと夏奈の顔を自分の方に向かせた。蒲田と目が合う。蒲田の唇が降りてくる。

それは一瞬をかすめ取るようなキスだった。


家に帰ると、亮はまだ仕事から帰ってきていなかった。振動とともにコロンとスマホが鳴る。

亮からだった。今晩は仕事が遅くなりそうだから、夕飯は一人で食べて欲しいと、亮にはめずらしくスタンプ付きのメッセージが送られてくる。

夏奈はそれには返信をせずに、さっき連絡先を交換したばかりの蒲田にメッセージを送る。

『今晩亮は仕事で遅くなるみたいです』

すぐに蒲田から返信があった。

『休める時にゆっくり休んでおいてください、これからのためにも』

夏奈はスマホを胸に抱くと「これから」と目を閉じた。

白く光る穏やかな海が目の前に広がる。陽に焼けた蒲田が『ただいま夏奈』と白い歯を見せる。新鮮な魚介でいっぱいの食卓。お隣は気のいい老夫婦。何もかもここととは違う生活。

ギリギリまで準備はしないこと、と蒲田に言われていたが、夏奈は我慢できずに大きな旅行鞄《かばん》を引っ張り出した。商店街のくじ引きで当たったものだったが一度も使うことなくずっと仏間の押入れの中に眠っていたものだ。

亮とは海外旅行どころか、国内旅行もしたことがなかった。どうせだったら鞄じゃなくて旅行そのものを懸賞にしてくれればいいのにと思ったが、小さな商店街の懸賞くじではその程度だろう。

大した残高はないが通帳と印鑑、家の権利書などを鞄に入れた。

最初は何かと出費がかさむだろう、持っていけるものは持って行った方がいい。

これから寒くなるので冬物の服を数着入れた。蒲田は離島とだけ言ったが、どこにある島だろうか。もしかしたら冬物などいらない暖かいところかも知れない。ドライヤーに爪切り、耳かきまで入れた。あっという間に鞄が膨れる。

今すぐにでもこの鞄を持って蒲田のところへ行きたかったが、夏奈は押入れに鞄をしまうと、簡単な夕食を取ることにした。

何も作る気がしなかったし冷蔵庫もほぼ空だったので、買い置きしていたカップ麺にお湯を注ぐ。

亮に返信していなかったことを思い出し、簡単なメッセージを送る。それとほぼ同時に玄関で物音がした。

「ただいま」

亮の声だ。

台所に顔を覗かせた亮はひどく疲れていた。

「あれ、今夕飯？」

夏奈の手元のカップ麺を見ている。

「腹減ったぁ」

「あれ、食べてないの？」

「うん、結局食べ損ねた」

夏奈が慌てて立ち上がろうとするのを「いいよ、いいよ」と亮は制した。台所のあちこちの扉を開けながら「カップ麺どこ？」と聞いてくる。

「ごめん、これが最後の一個だった」

亮は夏奈を振り返ると「そっか」と弱々しく笑った。

「私の半分あげるよ」

「いいよ」

「たしか冷凍庫にご飯があると思うから」

「いいよ」

「ラーメンご飯にしたら」

「いいって言ってるだろ！」

怒鳴り声と共に夏奈の顔にピリッと衝撃が走った。最初何が起きたのか分からなかった。床に転がったコンビーフ缶を見て、亮に投げつけられたのだと分かった。幸いかすっただけだったからよかったものの、まともに当たっていたらと思うとぞっとする。

それでも衝撃のあと、熱をおび始める頰を手で押さえながら夏奈は亮を見た。

いつの間にか亮は夏奈のすぐ横で夏奈を見下ろしていた。

無表情に近い怒りの顔。夏奈はこの顔をよく知っている。

出た、デーモン亮だ。

次は足で蹴られるか、頭を小突かれるかと夏奈は身を硬くした。

亮は夏奈の胸元を摑むと乱暴に立ち上がらせた。椅子が倒れて大きな音を立てる。

殴られる。夏奈は固く目を閉じた。

「あっちの冷凍庫なら、食えるもんはまだいっぱいあるよな」

抑揚のない低い声がした。息がかかるほど間近に亮の顔があった。その血走った目に捕らわれ夏奈の体から血の気が引いていく。

「なんとか言えよ」

足に力が入らず、膝がガタガタと震える。

「ご、ごめん……」

「はぁ?」

ぐいっと胸元を引き寄せられ息が詰まる。かと思うと、今度は激しく後ろに突き飛ばされた。転がった椅子の横に夏奈は倒れる。亮は椅子を蹴飛ばすと夏奈のスカートに手をかけた。

スカートが小さな悲鳴のような音を立てる。

「やめてっ」

今度は夏奈の下着に手を伸ばしてくる。

その時、亮のスマホが鳴った。一瞬亮の動きが止まったが、すぐに両手に力が入る。夏奈は必死で亮の手を阻もうとするがビクともしない。その間にもスマホは鳴り続けた。

亮は舌打ちすると夏奈から手を離した。夏奈はすかさず亮の下から這い出ると、そのまま台所から逃げ出した。ぼそぼそと亮の話し声が聞こえてくる。

でた、でた、でた、ついにデーモン亮がでた！　無理だ。来週の水曜日までなんて待てない。今すぐに蒲田のところに行こう。

夏奈は押入れから旅行鞄を取り出すと、仏間の窓から外へ投げた。玄関に行くには亮のいる台所の前を通らないといけない。鞄の中にスニーカーを一足入れておいてよかった。夏奈は窓枠に片足をかける。

「夏奈」

スマホを耳に当てたまま亮が仏間の入り口に立っていた。

「すみません、ちょっといったん切ります」

亮は電話の相手にそう告げると、夏奈に視線をおいたままスマホをポケットにしまった。

「何してんの」

「た、たまには仏間にも風を通そうと思って」

「ふーん、今にも窓から飛び降りそうな感じだけどね」

窓を閉めようとする夏奈に「いいよ、まだ開けときなよ」と、近寄ってきた亮が窓を手で押さえた。

湿気をまとった風が入ってくる。

「いい風だ、もう秋だね」

窓のすぐ下には大きな旅行鞄が転がっていた。少しでも亮がうつむけば発見されてしまう。これを見られたら全てが台無しになる。

だが死んでも蒲田のことは言うまい。蒲田と自分の繋《つな》がりさえバレなければ、またチャンスはある。ああ、どうか亮に鞄が見つかりませんように。

「夏奈、さっきはごめんね」

亮は夏奈の頬に手を当てた。

亮はミカエルに戻っていた。

その晩遅くから雨が降り始めた。

翌朝、びしょ濡れになった旅行鞄を開けると中まで濡れていた。

蒲田と約束した水曜日がとてつもなく遠くに感じられた。その日が本当にやってくるのだろうかとさえ思った。辿《たど》り着けずに、途中で亮に殺されてしまうかも知れない。

蒲田にそのことを告げると『大丈夫、なにかあったらすぐに駆けつけます』と返信がきた。頼もしいその言葉に、夏奈はこれから先ずっと蒲田について行こうと決めた。

蒲田と連絡を取り合うのは、日中の職場からだけにした。もし夜に夏奈からの着信があったら、それは緊急事態を意味することにしよう、そう提案したのは蒲田だった。

玄関を開けたとたん、カレーの匂いに包まれた。台所に亮の姿を見つける。

「ああ夏奈おかえり、今晩はカレーだよ」

ミカエルのままの亮に安堵《あんど》する。でもいつまたデーモンに豹変するか分からない。

夏奈は家中どこにいる時でも、肌身離さずスマホを持ち歩いた。蒲田へと通じるそれはまるでお守りだった。

亮と食卓に向き合って座る。いったい亮は今日何時に帰ってきたのだろうか。長時間煮込まれたカレーは、材料の原形をとどめていない。嫌な感じはしたが、亮の前にもカレーが置かれている。

それでも夏奈は亮がカレーを食べるまで手をつけなかった。亮は黙々とカレーを食べる。

「こうやって俺が食べててもだめ？」

夏奈はスプーンに伸ばしかけた手を止める。

「え？」

今、なんて言った？

「大丈夫だよ、入ってないよ」

カレーの皿から視線を上げた亮と目が合う。

「食べなよ、冷めちゃうよ」

亮は口の端についたカレーをちろりと舌で舐《な》めた。そしてくすりと笑った。

「今行ってる現場がさ」

突然亮は話題を仕事の話に変えた。同僚が初心者ばっかりだとか、上が使えないとか、最近の亮には珍しく、だらだらと長い愚痴だった。

夏奈はそろりとカレーに口をつける。

普通のカレーの味だった。

さっきの会話はなんだったのだ？　聞き間違いか？

でも次の亮の言葉で、夏奈に再び緊張が戻ってくる。

「そういえばさ、蒲田が仕事辞めたんだ。突然だったから驚いたよ。なんかどっか別の土地に行くんだってさ」

「そ、そう……、それは残念だね」

蒲田とのかすめ取られるようなキスを思い出す。

「だから蒲田が引っ越す前にまたうちで晩飯食べないか？」

それだけは絶対に避けたい。

「蒲田さん、引っ越しの準備や何やらで忙しいんじゃない？」

「大丈夫だよ、それに蒲田も最後にまた、夏奈の手料理食べたいだろうからさ。俺、蒲田に聞いてみるよ」

そう言うと、亮は目の前で蒲田に電話をかけ始める。

大丈夫、蒲田さんが上手く断ってくれる。

「あ、蒲田？　俺、亮だけど。引っ越す前にさ、最後にうちにまた飯食いに来いよ。うん、うん、そう。それでいつが都合いい？」

え？　来るのか？

「なるほど、なるほど、じゃあ来週の水曜日とかは？　俺ちょうどその日休みなんだ」

来週の水曜日？　無理に決まっている。だってその日は二人でこの町を出ていく日だ。

亮の休みを確認しなければと思っていたが、ちょうど水曜日が休みとは厄介なことになった。前もって荷物を駅のロッカーかどこかに預けて、水曜は近所に買い物に出るふりをして家を出るか？

「お、水曜日大丈夫？　じゃあ、せっかくだったら昼からどう？」

えっ⁉　どういうことだ。

「うん、じゃあ、来週の水曜正午な」

亮は電話を切った。

「だってさ」

亮はご機嫌な様子で夏奈に笑って見せた。

「あ、そうだ、らっきょう、らっきょう、なんか物足りないと思った」

亮は冷蔵庫に頭を突っ込む。

「やっぱカレーには福神漬けより、らっきょうだよなぁ。あれ～？　らっきょうがない～」

「私、買ってくるよ」

体を伸ばした亮は冷蔵庫に頭をぶつける。

「あいたっ、いいよ、別に」

「いや、私も食べたいし、すぐそこのコンビニに売ってると思うから、行ってくる」

夏奈はさっき仕事から帰ってきて、椅子に引っ掛けたままのバッグを引ったくると、玄関に急いだ。

「ごめんな～夏奈」

台所から亮の声がした。

家を出るとすぐにバッグからスマホを取り出し、蒲田に電話をかける。

ワンコールで蒲田は電話を取った。

『夏奈さん』

落ち着いた蒲田の声が聞こえてくる。

「どうして？　水曜日は私たち」

蒲田とは対照的に夏奈は早口になる。

『ん？』

蒲田は状況が摑めないでいるようだった。

「どうしてうちに来るなんて」

蒲田はそこでようやく分かったようで、

『ああ、今の亮との電話、夏奈さん聞いていたんですね』

「水曜日、どうするんですか？」

つい蒲田を責めるような口調になる。

『前日の火曜日にここを出ます』

「え？」

『計画を一日早めます。僕たちのことが亮にバレてるとは思いませんが、亮は妙に勘が鋭いところがあります。僕を夕食に誘ったのは、もしかしたら何か勘付いているのかも知れません。万が一のことを考えて前倒ししましょう。亮の中では確実に僕と夏奈さんは、来週の水曜日まではこの町にいるのです。なんなら夏奈さんは、水曜の食事の下準備を月曜からしてみたりしてください』

驚いた。お人好《ひとよ》しの蒲田がさっきの短い電話の最中に、こんな策略をめぐらせていたとは。

それに亮が妙に勘が鋭いというのも本当だ。〝学歴がない〟が亮の口癖だが、亮は決して頭は悪くない。それは夏奈もよく知っている。

『それでは来週の火曜日、正午に。場所は同じく隣駅の下りホームの一番後ろで』

蒲田との電話を切り、コンビニでらっきょうを買って家に帰る。玄関を開けると台所からガラスが割れるような音が聞こえた。急いで家の中に入ると、亮が台所で佇《たたず》んでいた。それを見た夏奈の体温がすっと下がる。

亮の足元には割れたガラスの破片が飛び散り、椅子は倒れ、床にはスプーンやら醬油瓶やらいろんなものが散らばっていた。

デーモン亮になっているのか？

声を出せず立ち尽くす夏奈に亮は気づいた。

「ああ、夏奈おかえり」

見た感じはミカエル亮であることに胸を撫で下ろす。

「ど、どうしたの？」

「地震だよ」

「地震？」

「あれ？　夏奈気づかなかった？」

地震なんてなかった。こんな大きな地震が来たら絶対に気づくはずだ。

「夏奈はぼんやりしてるから」

亮は微笑む。

デーモンでもない、ミカエルでもない亮がそこにいた。

幸い亮は来週の水曜日まで休みがないようで、顔を突き合わせる時間が少なくてすんだ。

月曜日、明日から四日間休みを取りたいと申し出たところ、難なく受理された。理由も聞かれなかったので、何も言わなくてすんだ。

家に帰ると亮からメッセージが入っていた。

『今晩、外で食べてくる』

亮が外食なんて珍しいが、夏奈にとっては好都合だった。

とうとう明日だ。

夏奈は押入れの奥に隠した、一度濡れた旅行鞄を取り出し中を確認する。

そしておもむろに庭に出ると、倉庫の扉を開いた。ここに来るのは久しぶりだった。

思いきって冷凍庫を開けると、霜にまみれた亮の顔が目に飛び込んでくる。霜以外はきれいだった。

よかった、頬の肉が削ぎ落とされていたりなんかしたら、悲鳴をあげてしまうところだ。

ぱっと見は、夏奈が最後に亮の肉を削ぎ落とした時と、何ら変わらないように見えた。

体の他の部分はあえて見ないようにした。自分が亮の肉を食べさせられたという痕跡が見つかったりなんかしたら、正気でいられる自信がない。

夏奈は白く凍った亮の顔を見つめた。

「さよなら、亮」

夏奈が焼き豚を煮込んでいると亮が帰ってきた。時計を見ると九時を過ぎていた。

「何してんの？」

亮が背後から夏奈の手元を覗き込む。

「あ、焼き豚」

「水曜の蒲田さんのやつ」

「もう作ってんの？」

「味を染み込ませたほうがおいしいから」

蒲田に言われたとおり、亮を完全に欺くためのパフォーマンスだった。

夏奈にべったり張りつくようにして立つ亮から脂の匂いがしてくる。

「何食べてきたの？」

「ラーメン」

「今日はどうして」

外で夕飯なんか？　と聞こうとする夏奈の言葉を亮は遮る。

「なぁ、夏奈」

亮の湿った息が夏奈の耳にかかる。

「蒲田のこと、どう思う？」

亮に気づかれやしないかと思うほど心臓が大きく鳴った。

「どうって？」

「いろんな意味で」

「どうって言われても……」

体が触れていると動揺が見透かされそうで、それとなく亮を押しやりながら鍋を覗き込む。それを追うように亮の腕が伸びてくる。

「夏奈、まだそれ時間かかんの？」

少し甘えたような声。

亮のこの雰囲気、夏奈には分かる。

案の定その夜、亮は夏奈を求めてきた。

これが最後、これが最後だ。もう明日の夜、自分はここにはいない。亮に征服されるのもこれが最後だ。

夏奈は亮の荒い息遣いを聞きながら目を閉じた。

朝起きると雨が降っていた。

夏奈はいつもと同じ時間に起き、いつものように会社に行く準備をする――もっとも今日から休みを取っているので準備するふりだが――。

「あれ〜夏奈、俺の傘知んない？」

玄関にいる亮に呼ばれる。

「この前の雨の日、どっかに置き忘れたんじゃない？」

玄関に行くと亮が傘立てを漁っている。

「っぽいよなぁ、あ、これでいいか」

亮は古いコンビニ傘を引っ張り出す。

「じゃ、行ってくるね」

最近は亮の方が少しだけ早く家を出る。

「行ってらっしゃい」

いつも通りの朝。錆《さ》びた傘をさす亮を送り出す。亮と出会った日も雨、そして別れの日も雨か。遠ざかっていく背中に夏奈は心の中で呼びかけた。

バイバイ、亮。


祖父母の仏壇にお線香をあげると夏奈は旅行鞄を持って家を出た。亮が眠る冷凍庫がある倉庫を振り返ることはなかった。

待ち合わせの十五分前に夏奈は隣駅に着いた。下り線ホームにまだ蒲田の姿はない。ラッシュ時でないにしても、ホームにはそれなりの人がいる。それでも大柄な蒲田がいればすぐに分かるはずだ。蒲田と連絡を取り合ったのは昨日の昼が最後。約束の正午になったがまだ蒲田は現れない。

思えば夏奈は蒲田のことをほとんど知らない。時間に正確な人なのか、それともルーズな人なのか。

正午を二十分過ぎたところで不安になってきた。

スマホを取り出し電話をかける。

『お客様のおかけになった番号は、現在使われておりません』

激しく動揺したその時、

「夏奈さん」

蒲田が現れた。

「遅れてすみません。携帯の解約に、思った以上に時間がかかってしまって」

夏奈の様子に改めて気づいたのか、蒲田は申し訳なさそうな顔をした。

「すみません、不安にさせてしまったみたいですね」

ほっとした夏奈は、思わず鞄を取り落とす。

「僕が持ちますよ」

蒲田は夏奈の鞄を軽々と持ち上げた。


それから蒲田と二人、列車やバスを乗り継ぎ、小さな船着場に着いた時には夕方になっていた。そしてその日の最終便、乗客の少ない定期船に乗り込んだ。薄暗い雨の中を船は進む。

船を待っている間に売店で買ったパンを夕食代わりにする。昼を食べていないのにもかかわらず食欲はなかった。

時間は午後の七時を回っていて、暗い海の向こうに本土の町の灯《あか》りが小さく見えた。

そろそろ亮は家に帰って来ただろうか？　夏奈がこの時間家にいなくても仕事で遅くなっているだけだろうと考えるぐらいで、まだ怪しまれることはない。それでも……。

夏奈が電源を切ろうとバッグからスマホを取り出すと、亮からのメッセージが目に飛び込んできた。

『駅前のドラッグストアでカップ麺がめっちゃ安い！　大量買いしていいよねwww』

今から一時間ほど前に送られてきたものだった。急いで電源を切る。いっそのこと夏奈も蒲田のように携帯電話を解約することも考えたが、会社や母に連絡を取らなければいけないのですぐには無理だ。

蒲田は格安プランの携帯電話会社に乗り換えるらしく、もしそれが良さそうであれば、後から夏奈も同じのにしてみよう。

それにしても母にはなんて言おう。とりあえず明日、自分がいなくなったことで亮が騒ぎ出す前に連絡しなければ。亮と喧嘩《けんか》してしばらく友人の家にお世話になっているとでも言おうか。どのみちいつかは本当のことを——亮を殺したこと以外は——言わなくてはいけないし、言うつもりだが、今は亮から逃げ切ることだけを考えたい。

灯りのついていない家にひとりでいる亮を想像した。両手にはカップ麺がたくさん入ったビニール袋を持っている。

九時になっても十時になっても自分が帰らず、連絡も取れないとなると亮はどうするだろうか。

「夏奈さん」

蒲田が夏奈の旅行鞄を手に立ち上がった。反対の手には蒲田の黒い鞄が一つ。夏奈のそれと比べ、本当にこの中に生活に必要なものが全て入るのだろうか、というほど小さい。

「そろそろ着きます」

本土をたった時に降っていた雨はだんだんと弱まり、船が島に着く頃には完全に止んでいた。

暗くて島の様子がほとんど分からない中、船から降り立つと、雨上がり特有の空気に混じって魚の匂いが鼻をついた。

夏奈の想像していた爽やかなリゾート地のような離島とは違った空気だが、明るくなればまた印象は変わるのだろうか。

その晩、島に一軒しかないという民宿に泊まった。蒲田は夏奈とは別々で部屋を取ってくれた。別々と言っても襖で隔てただけの、隣の音が丸聞こえの部屋だが。

民宿のお風呂は夏奈の家と同じくらい狭かったが、それでも熱いお湯に浸かると、ずっと続いていた緊張が少しだけ緩んだ気がした。

布団に入ってもなかなか寝付けなかった。目を閉じるとすぐに亮の姿が瞼の裏に現れる。それは玄関先でずっと夏奈の帰りを待っている姿だったり、家の中の物を手当たり次第投げつけ、怒りを爆発させている姿だったりした。

何度も寝返りを打っていると、襖の向こうから蒲田の声がした。

「あの、す、すみません、うるさいですよね」

「眠れませんか？」

「仕方ないですよ。無理に寝ようとしなくても、布団に横たわっているだけで疲れは取れますよ。いろんなことが頭の中を巡るでしょうが、以前あった楽しかったことを考えればいいんです。子どもの頃の夏休みの思い出とか、初恋の人のこととか」

蒲田は自分の幼い頃の話をしてくれた。カブト虫を探し歩いていつの間にか迷子になり、虫取りどころじゃなくなった話や、隣の家の柿を盗んで食べたら渋柿だった話だとか、誰にでもあるような、懐かしい幼い頃の思い出話だった。

「家の近くに教会があってね、行くとお菓子がもらえるんですよ。お菓子目当てでよく行ってました。そこでいつも歌われていた賛美歌がね、こんな歌で」

と、蒲田は低い掠れた声で歌い出した。蒲田の歌はまるで子守唄のように聞こえた。

しばらくすると隣から蒲田の寝息が聞こえてきた。夏奈は相変わらず眠れはしなかったが、それでも穏やかな気持ちになったのは確かだった。

窓の外が白み始め、しばらくして夏奈は布団から抜け出した。隣の蒲田はまだ寝ているようだったので、物音を立てないよう部屋を出る。

廊下の先にある部屋から、カチャカチャと食器同士がぶつかるような音がする。すでに民宿の人が朝食の準備をしているのだろう。

するとそこからひょっこりと割烹着《かっぽうぎ》を着た中年の女性が顔を覗かせた。

「あら、おはようございます、お早いですね」

「おはようございます」

夏奈は軽く会釈する。

「昨夜はゆっくり眠れましたか？　まだ朝食まで時間があるので、朝風呂でも入られます？」

「いえ、ちょっと散歩でもしようかと」

女性から簡単な地図を書いてもらうと、夏奈は外に出た。

潮の香りを微かに含んだ空気が清々しい。少し歩くと海が見渡せた。昨日の天気とは打って変わり朝日に光る水面が眩しい。

離島に来たんだ。夏奈は実感した。

五分ほど歩くと、昨日降り立った船着場に辿り着いた。昨夜は暗くてよく見えなかったがここは漁港も兼ねているようで、地面には干からびた魚が落ちていた。一匹の猫が気持ち良さそうに海風に吹かれている。

魚臭さは同じだが、陽《ひ》の下で見る光景は昨夜とは違う印象で、のどかなその風景に夏奈の心は癒された。足に柔らかなものが当たった。見ると少し離れたところにいたはずの猫が、夏奈の足にすり寄って来ている。

夏奈がしゃがむと猫は膝に乗って来た。飼い猫なのだろうか、撫でるとゴロゴロと喉を鳴らした。

こうして海を眺めていると、昨日までの生活がとても遠い日のことのように感じられる。亮を殺してその遺体を冷凍庫に隠したことや、死んだはずの亮がまた現れたことなど、まるで全てが嘘のようだ。

このまま離島での穏やかな時間が積み重なれば、いつか本当に嘘になってしまうような気がした。

海にはすでに何隻もの白い船が出ていた。そのうちの一隻が船着場に向かって一直線に進んで来る。近づいて来るそれは昨日夏奈たちが乗った定期船だった。朝一番の便なのだろう。

定期船が船着場に着くと中から人が降りてくる。昨日の最終便と違ってまあまあの混み具合だ。

少し離れた所で、夏奈は猫を撫でながらその様子をうかがう。島民がほとんどなのだろうか、年寄りが多かった。それに混じって、頭二つ分背の高い、すらりとした姿が夏奈の目に飛び込んできた。黒っぽい服を着ている年寄りが多い中で、男の着ている白いシャツは異様に目立っていた。

男の顔を見た瞬間、夏奈は乱暴に猫を膝から下ろし立ち上がった。その時いきなり投げ出されたことに怒った猫に腕を引っ掻かれた。近くの漁船の陰に飛び込む。

亮!

痛いほど脈打つ心臓を少し落ち着かせると、恐る恐る定期船の方をうかがう。ぞろぞろと船着場を歩いて来る人々の中に白いシャツを探す。

が、どこにも見つからない。

見間違いか? いや、でも確かにあれは亮だった。見間違うはずはない。

歩いて来る一人一人を穴があくほど見入るが、どれも浅黒く陽に焼けた肌に深い皺が刻まれている顔ばかりだ。

さっきのは幻覚だったとでも言うのか?

しばらくすると船着場には誰もいなくなった。

見間違いだったのだ。亮のはずがないではないか。冷静になれ。

夏奈は小走りで民宿に戻った。

すでに蒲田も起きていて、割烹着姿の女性と談笑していた。

「あらお帰りなさい。ちょうど朝食の準備もできたところですよ」

「散歩はどうでした？　僕も後で行こうかな。ん？　夏奈さんどうかしました？」

蒲田が心配そうに夏奈の顔を覗き込む。

「い、いえなんでも」

あれは見間違いだ。亮のはずがない。


民宿の朝食は、釜で炊いたご飯に焼き海苔、焼き魚に山菜の佃煮《つくだに》と、シンプルだがどれも美味しかった。海苔も魚もこの辺でとれた物らしい。

民宿も一軒だけで他には何もなさそうなこの離島で、何の仕事をするのかと蒲田に尋ねると、この島から別の島に行くのだと言う。

「それに仕事は来月からなので、それまで島巡りでもして楽しもうかと」

周りには有人無人含めてたくさんの島があるらしい。

蒲田は漁港で働くそうで、この辺では一番大きく人口の多い島に住むことになるだろうと言った。

「私にもできる仕事があるでしょうか？」

そう尋ねる夏奈に蒲田は微笑んだ。

「夏奈さんは仕事しなくていいですよ。家にいてください」

「でもそれじゃ」

蒲田の優しい視線の意味に気づいた夏奈は俯く。

プロポーズされているのだ。

「それじゃ嫌ですか？」

まだ離婚もしていない夏奈が、すぐにそれに応じるのは図々《ずうずう》しく思えた。

「私……、も働きます」

小さくそう返した。


朝食後、蒲田は散歩に出かけ、夏奈は部屋に戻った。部屋の隅に置いた旅行鞄をまさぐる。昨日電源を切ったまま鞄の奥にしまっておいたスマホを取り出す。電源を入れるのは勇気がいるが、母に連絡しておいた方がいいだろう。

すると襖の向こうから誰かが声をかけてきた。

「はい、どうぞ？」

部屋に入って来たのは七、八歳くらいの女の子だった。陽に焼けているところを見ると島の子どもだろう。この民宿の子だろうか。

「これ、お姉ちゃんに渡してって、お兄ちゃんが」

女の子の手の半分くらいある大きさの巻貝だった。女の子は夏奈に貝を手渡すと、恥ずかしそうに部屋から出て行ってしまった。

見ると巻貝の中に小さくたたんだ紙片が入っている。紙片を取り出し広げて見る。

『このアバズレ！』

黒い文字が飛び込んで来る。

震える指先から貝が転がり落ちた。

亮！

あれはやっぱり亮だったのだ。見間違いじゃなかったのだ。蒲田と逃げた自分を追ってきているのだ。

「蒲田さん！」

夏奈は叫んだ。

散歩から帰ってきた蒲田にメモを見せると、それを読んだ蒲田の顔つきが変わった。

「この島に数日滞在するつもりでしたが、今すぐここを出ましょう」

民宿の人へのお礼もそこそこに、蒲田と夏奈は船着場に向かった。

「行き先はどこでもいい、とりあえず次の船に乗りましょう」

夏奈は頷いた。

昨日乗って来た定期船より小さく、錆《さび》がひどい船に乗り込む。それから十分後、船が出港した。船が船着場を離れるまで夏奈は気が気でなかった。今にも亮が追って来るのではないかと、遠くなっていく船着場を夏奈は凝視した。

そしてそれを発見した。

白いシャツが太陽の光を浴びて光っている。

亮！

亮は船着場を真っ直ぐに先まで歩いて来ると、立ち止まりじっとこちらを見ている。

夏奈はかがんで身を隠すと、高鳴る心臓をなだめるように胸をかき抱く。今朝猫に引っ掻かれた腕の傷が、ズキンと痛んだ。

船が着いた先は、本当に小さな何もない島だった。そこで半日待ってまた別の船に乗り、今度は船着場の近くに商店があるような大きな島に着いた。

「人が隠れるのに一番適した場所は人混みです」

蒲田の言うことに夏奈も同意する。とりあえず今夜は島の中心部にある宿に身を置くことにする。今度も蒲田は夏奈と別々に部屋を取った。

宿の近くに何軒か食事処《どころ》があるのを見かけた。外に出る気分ではなかったが、宿の夕食に間に合わなかったこともあり、出かけることになった。

「大丈夫、さっき船の時刻表で確認したのですが、亮が今日中にこの島にたどり着くことは絶対にできません」

おしぼりで手を拭くと、蒲田はガラスのおちょこに冷酒を注ぎ夏奈の前に置いた。

「少し飲むと楽になりますよ」

蒲田の後ろの席を陣取っている四人組の男たちが歓声をあげた。この島の漁師たちだろうか、陽に焼けた上に酔って肌が赤黒くなっている。テーブルには所狭しと酒のつまみが並んでいる。

広めの店内はほぼ満席だった。島民に混じって観光客らしき人たちもいた。肌の色ですぐにそれが分かる。

冷酒を口に含むと水のように味がしなかった。それはお酒のせいではなく、夏奈の味覚が強い緊張でおかしくなっているのだろう。現に蒲田は一口飲むと「うまい酒ですね」と一気に飲み干し、手酌で再び冷酒を注いだ。

今朝の朝食もそうだったが、島の魚は本当に新鮮で、どれも東京で同じものを食べようと思ったらきっと目が飛び出るほど高いに違いない。

以前夏奈の家に来た時はそうでもなかったが、蒲田はアルコールに相当強いようで次々と徳利《とっくり》を空けていった。それでいて顔色ひとつ変えることなく、話す口調もしっかりしている。

夏奈はといえば、飲んでも飲んでも全く味のしない冷酒に最後は口をつけるのを止めてしまった。

「しばらくこの島で様子を見てみましょう」

蒲田はアワビの刺身を箸でつまむ。

「蒲田さん本当にすみません。でもどうして亮に私たちの居場所が分かったんでしょう」

今朝から夏奈の中にある疑問だった。

もしかして夏奈が気づかないうちに、亮によってスマホに追跡アプリなるものを入れられていたのだろうか。電源を切ったのは昨日の船の中だ。確認したくてもスマホの電源を入れるのははばかられた。もし本当にアプリが入っていたら、自らまた亮に居場所を教えてしまうことになる。

「スマホのＧＰＳ機能を使われているかも知れませんね」

蒲田も夏奈と同じことを考えているようだった。

「電源は切ってますか?」

「はい、昨日の船の中で切ったきりです。それからは一度も」

「大丈夫ですよ、夏奈さん。僕があなたを絶対に亮から守ってみせます」

蒲田の熱を帯びた声が頼もしく感じられた。

なぜ自分は最初からこの男を選ばなかったのか。悔やんでも仕方ないと思いながら、後悔せずにはいられなかった。

「ちょっとお手洗いに」

夏奈は席を立った。

薄暗いトイレの灯《あか》りに照らされる自分の姿を鏡の中に見る。疲れていた。海風で乱れたままの髪に化粧っ気のない顔。とてもじゃないが自分を飾る余裕などなかった。

こんなみっともない姿を蒲田にさらしていたのかと思うと、今さらながら恥ずかしくなった。

夏奈が席に戻ると蒲田がすでに会計を済ませていた。

「あの私、半分払います」

しかし蒲田は夏奈の申し出をやんわりと断る。

それでもと、ハンドバッグを手に取り、中から財布を取り出した。すると財布と一緒に何かが落ちた。

またもや小さく折り畳まれた紙片だった。今朝、巻貝の中に入っていたものとそっくりでギクリとする。あのメモは蒲田に見せた後、すぐにちぎってゴミ箱に捨ててしまった。

拾って紙片を開く。

『男だったら誰でもいいのか⁉』

気が動転し体がよろめいた。

夏奈の異変に気づいた蒲田がすぐにメモを覗き込む。

どうして？　なぜ？　いったい、いつ？

夏奈と蒲田は店内を見回す。亮の姿はない。

「あの、お客さまどうかされましたか？」

店員がやって来た。

「いえ、大丈夫です」

蒲田は夏奈の背中に手をそえる。

「とにかく店を出ましょう」

周りを警戒しながら宿に戻ると蒲田は言った。

「明日の朝一番で別の島に移動しましょう」

それでもまた亮は追いかけてくるのではないか？

その言葉は呑み込んだ。口にしてしまうと、それが現実になってしまうように思えた。

次の朝、暗いうちに宿を出た。

来た時とは違う、島の反対側にある乗り場から船に乗った。一番初めに乗った定期船と同じような船で、いくつかの島を経由しながら本土に向かうという。

夏奈とは離れたところに座る蒲田は眼鏡をかけている。夏奈も顔の半分が隠れるよう深く帽子をかぶっている。

少しでも亮の目くらましになればという、蒲田の提案だった。離れて座っているのも二人が他人であるように見せかけるためだ。

蒲田のかけているのは伊達《だて》眼鏡なのだろうが、眼鏡一つで蒲田の印象はガラリと変わった。

蒲田はどの島で降りるとは何も言わなかった。もしかして本土に戻るつもりなのだろうか。小さな離島を逃げ回っているより、いっそ本土に戻った方がいいかも知れない。

いつまで亮から逃げ続けなければならないのだろうか。来月からとはいっても、次の仕事のこともあるのに、ここまで蒲田を巻き込んでしまっていいのだろうか。

深くは何も聞いてこず、夏奈を連れ亮から一緒に逃げてくれる蒲田には感謝をしてもしきれない。

蒲田は島に近づくと、船からじっとその島を観察しているように見えた。

そして三つ目の島に船が横付けされると、荷物を持って立ち上がった。夏奈も慌ててそれに続く。

夏奈たちの他に数人の釣り人らしき人たちが島に降り立った。山と言うには大袈裟《おおげさ》な低い山が中央にある島だった。

蒲田と距離を保ちながら歩く。船着場の周りには何もなかった。ここから見る限り建物もない。釣り人たちはみな、夏奈たちとは反対の道を進んでいった。

こんな何もない島に来てしまって大丈夫なのだろうか。夏奈が不安になってきたところで前を歩いていた蒲田がこちらを振り返った。

「そろそろ大丈夫でしょう」

「あの、この島は……」

「無人島です。釣り客以外、誰もいません」

　夏奈は驚いた。まさか無人島に来るとは夢にも思っていなかったからだ。昨日蒲田は『人が隠れるのに一番適した場所は人混み』と言ったばかりではないか。

　そんな思いが顔に出ていたのだろう、蒲田は言った。

「亮の裏をかいてみました。まさか彼も僕たちが無人島に逃げるとは思わないでしょう」

　低い山を登る。途中小さな赤い鳥居があり、放置され壊れかけたような祠《ほこら》があった。

　十五分ほど登ると頂上らしきところに着き、そこには小屋があった。

「船上からこの小屋が見えたんです」

　蒲田は立て付けの悪い扉をこじ開ける。中は六畳ほどで、床には汚れて元の色が分からなくなった絨毯《じゅうたん》が敷いてあった。

　床にカップ麺の食べかすとペットボトルが転がっている。その他に破けたバケツにホース、なぜだかスニーカーが片方だけ。

ここで一夜を過ごすのか？　いや過ごせるのか？

不安になった。

「だいぶ居心地が悪いでしょうが、我慢してください」

「あの、ここにどれくらい」

「そうですねぇ」

と、蒲田は足でカップ麺のかすを小屋の隅に追いやった。

「少なくとも今夜一晩、もし可能なら明日も」

明日も？　食料はおろか飲み水さえもないのに？

「水や食べ物はどうするんですか？」

「さっき船の中で釣り人たちが話していたのを聞いたのですが、この島のどこかに湧水があるそうです。それを探してもいいし、まあとりあえずはこれで」

蒲田は自分の鞄から一本のペットボトルと昔懐かしいドロップ缶を取り出した。

「人は水があれば何日間かは生きられますし、食べ物だって糖質の高い飴があればなんとかなります」

蒲田はドロップ缶をカラカラと鳴らし「一つどうですか？」と夏奈に聞いた。

大男と小さなドロップ缶が不釣り合いで、夏奈はこんな状況にもかかわらず少し笑ってしまった。

「今回の旅で初めて笑いましたね」

蒲田は嬉しそうな顔をした。


島は一時間もあればぐるりと一周できる大きさで、壊れかけた祠の他に、小屋があったのだろうと思われる跡地のような場所があるだけだった。

途中海岸で釣り人たちが釣り糸を垂らしているのが見えた。

「僕たちも釣りでもしますか」

蒲田が冗談まじりに言った。

見晴らしのよい場所でしばらく海を眺める。遠くに白い船が行き交っているのが見えた。さぞかしここから見える夕日は綺麗だろう。

「夏奈さん、あまり先に行くと危ないですよ」

そこは小高い丘のようなところだったのでよく見えなかったが、先は崖になっていた。景色の美しさにばかり見惚《みと》れてぼんやりしていると、危うく落ちそうになる、危険な場所でもあった。

海風も長く当たると肌寒くなってくる。

「そろそろ戻りましょうか」

蒲田は自分の着ている上着を夏奈にかけてくれた。夕日を見るまでここにいたい気もしたが、夏奈は素直に蒲田に従った。


小屋に戻って何をするでもなく時間は過ぎ、辺りが薄暗くなってくる。手元が危うくなってきた頃、蒲田は鞄から懐中電灯を取り出した。

「月明かりだけでも結構いけるんですが、今夜はあいにく曇ってますからね」

昼間はあんなに晴れていたのに夕方から雲が多くなってきた。これではあの眺めの良い場所からの夕日も見られなかっただろう。

それにしても、蒲田の鞄に懐中電灯が入っているとは意外だった。耳かきまで持って来た夏奈でさえ思いつかなかった。

「なんだか蒲田さんってアウトドアというか、こういうのに慣れている感じですね」

さっきの水と飴の話といい、こんな状況下でも全く冷静さを失っていない。夏奈は驚かされてばかりいた。

「そう見えますか？」

「はい、とても」

蒲田は懐中電灯のスイッチをつけたり消したりする。

「そうかも知れませんね」

夏奈は蒲田の言葉の続きを待ったが、蒲田はそれっきり黙ってしまった。

海風で小屋に一つだけある窓がカタカタと鳴った。どれくらい時間がたっただろうか。

「僕はね」

蒲田が口を開いた。

「ずっとある事に囚われているんです」

カチリと懐中電灯を消す。小屋が真っ暗になる。

「ある快感と言ってもいいかも知れない」

蒲田が動いた気配がした。

「快感？」

「夏奈さんに大事な事を言っておかなければいけません」

暗くて蒲田の顔が見えないだけに、その声にどこかヒヤリとした冷たさを感じた。

「なんですか？」

「僕がこの前話した子どもの頃の話、あれ全部作り話です。出身も福岡なんかじゃありません」

「どうしてそんな、嘘なんか」

「それにね、僕ね、実は女が大っ嫌いなんです」

夏奈は思わず言葉を失う。

「特に男がいるのに、他の男にすぐになびくような尻軽女がね」

カチリという音と共に急に視界が真っ白になる。蒲田が懐中電灯を夏奈の顔に向けたのだ。

「夏奈さんが悪いんですよ。僕はそんなつもりはなかったのに、僕についてくるなんて言うから」

「蒲田さん！　止めて眩しい」

「すぐにやるのは、映画の最後だけを見るようなものです。面白くもなんともない。そこにいたるまでのドラマがあってこそ、ラストが盛り上がるんです。とても楽しませてもらいましたよ。夏奈さんの顔を近くで見ながらこの瞬間のことを考えると、全身が興奮して震えました」

蒲田は何を言っているのだ。

蒲田の言葉を理解する間もなく、視界が白黒反転したかと思うと、首が鋭く圧迫される。

何が起きているのか分からなかった。

蒲田の声が遠くに聞こえる。

今、自分は殺されかけているのか？

リョウモ　コンナ　カンジ　ダッタ？

思ったのはそれだった。

意識が薄れていく中、白目をむいて死んでいく亮の顔と自分の顔が重なった。

夏奈！

亮の声が聞こえたような気がした。

首にかかっていた圧が消え、夏奈は咳《せ》き込む。

涙で滲んだ視界に、獰猛《どうもう》な二匹の動物が争っているような影が映る。

開いた小屋のドアから差し込むわずかな光を頼りに、夏奈は入り口に向かって這った。小屋の外に出ると下の方からいくつもの灯りが登って来るのが見えた。

そこから先はまるで映画か何かを見ているようだった。

山を登って来たのは警察だった。警察は亮の下で呻《うめ》く蒲田を取り押さえた。

蒲田が確保されると、亮はドアのところでうずくまっていた夏奈の方へやって来た。

「夏奈」

なぜ、ここに亮がいるのだ。

夏奈はそのまま後ずさる。

「夏奈」

夏奈はその場から駆け出した。がむしゃらに暗い木々の間を抜け、道ならぬ道を走る。

「夏奈、待って！」

亮が追ってくる。

逃げなければ、亮から逃げなければ。

突然開けた場所に出た。そこは昼間に蒲田と来た見晴らしのいい場所だった。先は崖になっていてこれ以上は進めない。引き返そうとしたがすでにその道は亮に塞がれていた。

亮は夏奈から少し離れた場所で立ち止まった。うす暗いせいで亮の表情はよく分からない。

「夏奈、なんで俺から逃げるの？」

亮の質問は当たり前のようで、それでいて滑稽だった。

なぜ亮から逃げるのか。なぜなら亮は夏奈を殺そうと、復讐しようとしているからだ。復讐。亮は一度夏奈に殺されたのだ。今だって倉庫の冷凍庫の中に眠っているはずだ。その亮がなぜ、今ここに生きて夏奈の目の前にいるのだ。

そうだ、すべての根源はこれだ。亮であって亮でない、今、夏奈の目の前にいる男はいったい誰なのだ。

「あなたは誰？」

その時、雲に隠れていた月が顔を出し、亮の顔を明るく照らした。

切れ長の目、通った鼻筋、白い頬。

「俺だよ」

形の良い唇が動く。

「夏奈、俺だよ、気づかない？」

亮は一歩夏奈に向かって足を踏み出す。

風が吹いた。

「俺は亮であって亮じゃない」

亮の目は真っ直ぐに夏奈を捉えている。

「俺の本当の名前は奏《そう》。夏奈、俺たちはもともと二人いたんだよ」

すぐには亮の言葉が理解できなかった。奏？　そんな名前の男は知らない。自分の目の前にいるのは亮ではないか。嘘だ。自分をもっと混乱させて陥れようとしている。逃げなければ、とにかく逃げるんだ。

ドンッ！　と太鼓の音がした。振り返ると血のように真っ赤な海が広がっている。カッと顔が熱くなる。無数の提灯《ちょうちん》の赤い光が人魂《ひとだま》のように夏奈に襲いかかってくる。

〝月が～出た出～た～月が～出た～、あ、ヨイヨイ〟

あの夜、私は殺した！　亮を殺した！

〝うちのお山の～上に～出た～〟

確かに殺した！

夏奈は叫んだ。

そのまま地面に突っ伏し号泣する。

今まで張り詰めていたものが切れた。亮を殺した時から、いやもっと前から、ぎりぎりまで張り詰めていた弦が、ぷつりと切れた。

声が嗄《か》れるほど泣いた。

いつの間にか炭坑節は消え、自分の嗚咽《おえつ》だけが響く。赤い人魂もどこかへ行ってしまい、暗い夜の海が目の前に広がっていた。

「夏奈」

「どうしてこんなことになっちゃったんだろう、どうして亮を殺しちゃったんだろう、どうしてこんなことに。時間を巻き戻せるなら戻したい、幸せだった頃に、亮とまだ出会ったばかりの頃に」

奏と名乗る男が夏奈をそっと抱きしめた。

「やり直そう夏奈、俺と二人でやり直すんだ。亮はもういない。夏奈を苦しめた亮はもういないんだ」

奏は夏奈の顔を両手で包んだ。

「夏奈、俺だよ。雨の日に夏奈に拾われたのは、桜の木の下で夏奈にプロポーズをしたのは、夏奈の好きなシュークリームを買ってきたのは、期限ぎりぎりのクリスマスケーキを一緒に食べたのは、夏奈にこけしをあげたのは、全部俺、俺だよ。亮じゃなくて俺だよ。奏だよ」

「訳分かんない」

夏奈は涙で濡れた顔を横に振る。

「俺と亮は一卵性の双子だ。俺たちは一人の亮として夏奈の前で入れ替わってたんだ」

許してくれ、といきなり奏は土下座した。

怒りは湧いてこなかった。それよりも不思議と、ずっと夏奈の中にあった相反する感情の理由が、少しずつ霧が晴れるように明るくなっていく。

デーモンのような亮とミカエルのような亮。この二人は別人だったのだ。

亮を殺してからずっと夏奈を苦しめ続けた優しい亮との思い出。その思い出の全ては今、この目の前にいる奏とのものだったのだ。

殺すほど憎み、それと同時に深く愛していた。その男は一人の男ではなかった。

自分が愛していたのはこの男だったのだ。

「よかった……生きてて」

「夏奈……」

「あなただったんだ、全部あなただったんだ」

夏奈は両手で顔を覆うと肩を震わせた。

奏はそんな夏奈をずっと見守っていた。


木々の間から夏奈たちを呼ぶ声が聞こえた。警察だった。

「夏奈、君に蒲田のことについて話さないといけない」

奏から聞かされた事実に夏奈は震え上がった。

蒲田は女性ばかりを狙った連続殺人犯だった。すでに五人の女性を殺害していて、日本中を転々としながら逃げ回っていた。今回も警察の捜査の手がすぐ近くに伸びてきているのを察しての、離島行きだった。

夏奈の中で、蒲田の冷静な判断や迅速な行動の理由全てが一致した。すぐに携帯電話を解約する手際の良さ、奏の裏をかいての行動、サバイバル術とも言えるような知識。

これらは蒲田にとって手慣れたものだったのだ。

「俺はある日、見てしまったんだ」

奏は渋い顔をした。

蒲田は男の多い職場で交わされる、その手の話に全くと言っていいほど、のってこない男だった。

真面目すぎて未《いま》だに童貞か、男が好きなんじゃないかと、他の同僚に言われていたぐらいだ。休憩室にある男性向けの雑誌には見向きもしなかった。

それがある日、奏はうっかり蒲田のロッカーを間違えて開けてしまったことがあった。蒲田も鍵をかけ忘れていたのだろう。

ロッカーの内側には、聖母マリア像のポストカードや切り抜きが貼られていた。ざっと見ただけで、十数枚はあった。蒲田はクリスチャンだっけ？　と、扉の裏に貼られたポストカードに目をやった奏はギクリとした。

マリア像の顔と両乳房に、何か鋭い物で何度も刺されたような穴が開いていた。よく見ると、貼られている全てのマリア像に同じような穴が開いていた。

それは異様な光景だった。

蒲田の異常な、説明のつかない何か深い怒りのような、そんなものを感じたという。

そんな折、たまたまネットニュースで見た事件の犯人像と、蒲田が似ていることを奏は知った。犯人の顔写真はなく、手がかりになったのは目撃者たちの証言から作られた似顔絵だけだった。さらに奏は、自分で事件のことを調べてみたという。

「被害者の遺族とも話したよ」

奏が一人でラーメンを食べて来たのがその日だった。

「だから、最初から知ってた。夏奈が蒲田と逃げようとしていること。蒲田を尾行してたらあの日、見ちゃってさ、路上で」

かすめ取られるような蒲田とのキス。

だからあの日、奏は一瞬自分の感情を抑えきれず、

「夏奈に亮みたいなひどいことをしてしまった。でも俺は夏奈を信じていたから、本当に夏奈が蒲田といなくなった時はショックだった。蒲田と夏奈の跡を追っている時でさえも、これは嘘だ、これはきっと夢に違いないって、自分に何度も言い聞かせた」

奏はその時の自分の心情を思い出してか、辛そうな顔をした。

蒲田が事件の犯人だと確定できたのは、殺されかけた被害者の一人と運よく連絡がつき、奏が蒲田の写真を送り、その返事が返ってきたからだった。

それを持って奏が警察に行ったのは、夏奈と蒲田が逃避行したその日の夜だった。あと一歩で蒲田の居所を特定できないでいた警察はすぐに動いてくれた。奏が最初に島に上陸した定期船には何人かの私服警官が同船していた。さらに夏奈たちが二日目に立ち寄った島で地元の警察と合流したという。

夏奈は自分を助けようとしてくれていた奏から必死に逃げていたのだ。

「あのメモは？　あのメモを私によこしたのはあなたじゃないの？」

「メモ？」

「このアバズレ！　とか、男だったら誰でもいいのか⁉　って書いたメモ」

夏奈に送られてきた二つのメモについて話すと、奏はさも不快そうに顔をしかめた。

「そんなことしないよ、俺」

夏奈にメッセージを送りつけてきたのは奏ではなかった。

「俺のふりをした蒲田じゃないか？　次から次へと移動して逃げるためにそうしたんじゃない？」

蒲田は上手くメモを利用し警察から逃げながら、夏奈を無人島に連れてくることに成功したのだった。

女が大っ嫌いだと言った蒲田の言葉を思い出し、夏奈は改めてぞっとする。あの時、奏が助けに来てくれなかったら今頃どうなっていたことか。

「あなたは今でも怒ってるんでしょ」

「怒ってる？　俺が？　何に？」

「私が蒲田さんと……、逃げたこと」

「……それは……、仕方ないよ……。夏奈は俺を亮だと思っていたんだから。それより」

奏は何か考えるように黙った。そして夏奈の手を握る。

「それより、ずっと寂しかった。夏奈が俺の存在に気づいてくれなくて。だってちょっと考えたら分かりそうなことじゃないか。冷凍庫の中には死んだ亮がいるんだから。亮がいなくなったことで、俺と過ごした楽しい時間を思い出してくれたらと思った。そして夏奈の中から亮の悪いイメージが薄れて、出会った最初の頃のように夏奈と俺、二人でまたやり直せたらと思ってた。よく考えれば、そんなわけにはいかないのに、でも本当のことをはっきり言わずに、このままやり過ごせるならそうしたかった。だって俺たちが夏奈を騙していたのは本当だから。俺は自分に都合の悪い現実は無視して、無理やり、都合のいい部分だけを夏奈に受け入れさせようとしたんだ。結果、夏奈はどんどん追い詰められていってしまった。俺はちゃんと夏奈に俺たちのことについて話さなくちゃいけない。でもそれは蒲田の件を終わらせてからでいいかな」

夏奈は返事の代わりに、奏の手を握り返した。

奏と警察が乗って来た船で夏奈は無人島を離れた。

「船着場に着いた時、山頂近くに点滅する光が見えたんだ。死にものぐるいで走ったよ」

蒲田がつけたり消したりした懐中電灯の光だった。

本土に着くとすぐに夏奈と奏は警察署に連れて行かれた。別々の個室で、それぞれ蒲田について聞かれる。

特に夏奈は蒲田に殺されかけた被害者であるため、念入りな事情聴取が行われた。

警察から解放されたのは、それから三日後だった。

警察署を出ると奏が待っていた。

最寄りの駅から東京方面への上り列車に乗り込む。

列車がゆっくりとホームを離れる。

「変よね」

窓から遠ざかっていくホームを眺めながら夏奈は言った。

「何が?」

「警察署にいる間中、ずっと変だと思ってた」

夏奈はふっと笑った。

「だって殺人犯の私が被害者だなんて」

「夏奈」

列車はどんどんスピードを上げていく。

「亮を殺したのは俺だよ。夏奈じゃない」

窓がボンッと鳴って外が真っ暗になる。

列車が長いトンネルに入ったのだ。

あの夜、亮と奏は盆踊り大会が行われている広場で入れ替わる予定だった。

亮と奏が入れ替わるタイミングは、亮の気分で決まることが多かった。にもかかわらず、亮は約束のタイミングでまだ家にいたり、その反対にいなかったりで、奏は何度もハラハラさせられた。そんな奏を見て亮は楽しんでいるようでもあった。

あの夜は、いつになっても現れない亮を人混みの中探していると、一心不乱に踊る夏奈の姿が目に飛び込んできた。

奏は家へと走った。

何かが起きた。そう直感した。

家中探したが亮はいなかった。庭に出た時、倉庫の扉が少し開いているのに気づいた。

低いうなり声をあげる冷凍庫の蓋を開けると、胎児のように身を丸めた亮がいた。

その時、亮の冷たく閉じられていた目が、開いた。

「亮とね、目が合ったんだ」

その瞬間、無我夢中で亮の首に手をかけていた。何も考えられなかった。体が勝手にそう動いた。

気づくと心の中で叫んでた。

死ね、死ね、死ね、と。

「亮は……、首を絞められながらずっと俺を見ていた」

なんで俺を殺すんだ？　って、最初は驚きの目をして。その目はそれから、怒りに変わり、そして諦め、最後はなぜか哀れむようにこっちを見ていた。

「だから夏奈じゃないよ、亮を殺したのは」

俺はね、と奏は続ける。

「亮をずっと憎んでいたんだ。夏奈よりもっと強く。夏奈だけじゃない、亮を殺したいと思ったことは、俺だって数え切れないほどあったよ。だからあの時、俺は亮にとどめを刺したんだ」

「あなたが亮を憎んでた？　私よりも？」

「そうだよ」

奏は泣きそうな顔で笑った。

「夏奈、俺たち双子の話を聞いてほしい。俺たちがどんなふうにして生まれてきて、そして今まで生きてきたのかを」

　奏は静かに言った。

「夏奈、俺たちには戸籍がないんだ」

　亮と奏の母親は二人を身籠ったまま、DVを繰り返す夫から命からがら逃げ出した。離婚が成立する前に出産した母は、二人を夫の子にしたくなかったため、出生届を出さなかった。

「それが、お袋が考えた俺たちの身を守る最善の方法だったんだ。俺はそのことを恨んだりはしてない」

　しかし、ある日突然、まだ小さい二人を残して母親が失踪してしまった。

　他に頼る大人もおらず、食うにも困るようになった二人は生きていくためになんでもやった。万引きもしたし、小遣い程度のお金のために、子どもや年寄りを脅したりもした。生きていくために必要な身分証などを偽造したりもした。

　でもそれらの殆《ほとん》どは亮がやっていた。最初は奏もやっていたが、一卵性双生児にもかかわらず亮と奏の性格は正反対で、元々の気質が穏やかで優しい奏は人を脅したりできなかったのだ。

それでボロを出し何度か警察に捕まりかけたことで、いつからか悪事を働くのは亮の担当になった。奏は人が来ないか見張ったりするなど、手伝いはしていたが、亮なくしては奏は生きていけなかった。


「それが俺たちの生きる術《すべ》だったんだ」

奏はチラリと夏奈を見て、目を伏せた。


それもあって亮と奏は昔から対等な関係ではなかった。

二人が大人になると亮は新しい犯罪に手を染めるようになった。

女だ。

『恋愛関係にもつれ込ませれば、利用できるし警察にもバレにくい。バレても訴えられる可能性は低いだろ。それに女も抱けて一石二鳥じゃね』

これでもっと楽に暮らせると亮は喜んだ。

「それって……」

夏奈の胸がもやっとする。

「うん、結婚詐欺まがいというか、結婚詐欺だよ」

奏は夏奈の方を見ずにそう答えた。

だが、自分勝手で思いやりにかけ乱暴な亮に、女性の心を掴むのは容易ではなかった。

『なんだ、もっと簡単かと思ってたのに、女って面倒くせぇな』

亮は女たちがなかなか自分になびかないことに苛立った。

その日も亮はある女性とデートをする約束まで漕《こ》ぎ着けていた。でも昼から飲み出したビールで酔っ払い、面倒臭くなったのだろう。雨が降り出したのもある。亮は雨に濡れると体が痒《かゆ》くなると言って、あまり外に出たがらない。

『奏、代わりにお前行けよ』

そう言われて、その日は奏がデートに行くことになった。

その一日で相手の女性は奏に夢中になった。

『なんだよ、おんなじ顔してんのに、なんでお前は良くて俺はダメなんだよ』

そうぼやく亮は、しかし、まんざらでもなさそうだった。

『女はお前担当かもな。やっと役に立つ時が来たか。今までの分、今度からは俺に楽させてくれよ』

だが肝心要の女性からお金を騙し取る場面になると、奏は上手く立ち振る舞うことができなかった。

なかなか成功できない奏を見兼ねた亮が、『そこは俺がやる』と言い出した。

これが、二人が一人の人間の前で入れ替わる最初だった。

それからは、ターゲットの女性の心を摑むのは奏、その後お金を引き出すのは亮と、その時その時で入れ替わり女性たちを騙していった。

「それって、私も……」

さっきの胸のもやもやが、はっきりとした嫌悪感に変わる。

「ごめん！　でも、最初だけ、最初だけだよ夏奈」

「いい、話を続けて」

夏奈は唇を嚙んだ。

通路を車内販売のカートを押した売り子が通り過ぎて行く。

「俺と夏奈があの雨の日に出会ったのは偶然じゃないんだ」

奏は苦しそうにそう告白した。

最初は街で見かけた女性の中からターゲットを選んでいたが、それではあまり効率が良くないことに亮は気づいた。

指輪をしていないだけですでに結婚していたり、結婚していなくても恋人がいる女性を落とすのは、さすがに奏でも時間がかかった。

『別に結婚している金持ちの人妻でもいいんだけどさぁ、それって相手が飽きたら終わりじゃん。なんかもっとこう、しっかりがっつりというか、俺もそろそろ安定したいわ～』

冗談まじりにそんなことをぼやいていた亮が、ある日嬉々《きき》とした顔で奏に見せた物があった。

どこで手に入れたのか、婚活パーティの出席者リストだった。

『これだよ、これ！　本気で結婚したがっててそれも多分焦ってる女たち、これぞカモネギ、打ち出の小槌《こづち》、豚に真珠って、最後のは違うか』

ゲラゲラと亮は笑った。

「そのリストの中に私の名前があったのね」

「夏奈、でも俺が夏奈を好きになったのは本当なんだ、本当なんだよ」

夏奈は笑おうとしたが頬がこわばって上手く笑えなかった。

「それで私は双子のどっちと結婚しているの？」

そう尋ねながらも、夏奈にはすでにその答えが分かっていた。

「夏奈……、夏奈はどっちとも結婚してないよ」

奏は悲痛な面持ちで夏奈を見た。

はっと、短い息が漏れた。

披露宴はおろか式も挙げなかった。婚姻届は……。亮が一人で出しに行った。そうだ、あの時どうして一人で勝手に出したのかと喧嘩になったのだった。夏奈は結婚後も職場ではそのまま旧姓を使っていたし、諸々の名前変更手続きも、しようしようと思いながらそのままになっていたのだ。それに亮から『保険証も身分証明書も旧姓のままで使える』と言われていたのもある。

今思えば、そんなことはないと分かるのだが、バレそうな場面場面で上手くごまかされていたのだろう。

　それで何も困らなかったため、夏奈はずっと気づかないでいたのだ。

「届けを出しに行ったのは……、ううん、出しに行ったふりをしたのはどっち？　亮？　それともあなた？」

「……俺だよ夏奈。亮はそういうの面倒臭がってやらないから。でもそのあと夏奈と喧嘩したのは亮の方だ」

「じゃあ、あの時に書いた婚姻届は……」

「うん、ごめん、捨てた……」

　奏は頭《こうべ》を垂れた。

「馬鹿にして……」

　凄をするような笑いがこぼれた。

「人を馬鹿にして……」

「夏奈、夏奈、俺が夏奈と結婚したいと思ったのは本当だよ。信じて。あの桜の木の下のプロポーズは嘘じゃない。俺の本心だよ。夏奈はそれまでの女性たちとは違った。みんなね、少しするといろんなことを聞いてくるんだ。仕事はもちろんのこと、親の事とか、どこで生まれ育ったのかとか、そうして俺の全てを知りたがるんだ。嘘をつくしかないから、嘘をつくんだけど、ある時その嘘がバレてみんな怒り出すんだ。どうして嘘なんかついたんだって。その頃には大方のお金は引きずり出してたから、俺たちは彼女らの前からさっさと消えたけど。でも夏奈は何も俺に聞かなかった。俺が話したいことだけを話させてくれた。それが俺にはとても心地よかったんだ。夏奈の前では俺は普通の男でいられるような気がしたんだ。俺はだんだん夏奈に惹《ひ》かれていった。気づいた時には本当に好きになってしまってた。でもどうしようもなかったんだ。結婚したくてもできなかったんだ。だって俺には戸籍がないから」

奏は必死だった。

夏奈は真っ暗な窓の外を見つめた。

ガタン、ゴトン。

乱れる夏奈の気持ちとは反対に列車は規則正しく音を刻む。

ガタン、ゴトン。

「それから?」

取れる物を取ったらいつものように次のターゲットの女性にいく。奏がそう思っていたところ、亮はこう言ったという。

『持ち家だし、給料安いけどせっせと働いてくれるし、贅沢《ぜいたく》はできないけど遊んで暮らしていけるじゃん、ちょっとこの女で休憩するのもいいんじゃね』

でも奏には分かった。亮はあんなだが、亮は亮なりに夏奈のことを気に入っていたのだ。

「あの亮が女物の下着を自分で買って、夏奈にプレゼントしたと聞いた時は驚いたよ。後にも先にも亮が夏奈に何かあげたのは、あれだけだったけど」

おかげで夏奈はさんざん殴られたのだった。

「亮は大切なものを大切にする方法を知らなかったんだと思う。それ以前にそれが自分にとって大切であるかどうかさえ、気づかなかったのかもしれない。ずっと自分の力で生きていくのに必死で、それだけを考えてきたから」

奏はどこか遠くを見るように視線を投げた。

それでも亮が夏奈に暴力を振るい出すようになると、そうも言ってはいられなくなった。

奏は何度も亮に夏奈の前から消えて次にいこうと説得したが、亮は承諾しなかった。

それだったらお前が夏奈の前から消えろよ、と亮は鼻で笑った。

亮はまさに父親の血を引いていた。奏も幼い頃から亮から暴力を受けていた。こんな奴と縁を切ってしまいたい。何度もそう思った。けれど亮が夏奈に暴力を振るっていると分かっている以上、そのままにはしておけなかったし、すでに奏は深く夏奈に惹かれていた。

そして奏は亮を憎みながら、同時に亮を必要としてもいた。戸籍がないという、法律上存在しない人間として生きてきた孤独を分かち合えるのは、鬼畜のような双子の兄しかいなかった。

昔から奏には、亮は自分とは違う人間でありながら、同時に自分そのものでもある、という奇妙な感覚があった。

同じ入れ物に注がれた中身は、見事なまでに正反対のものだった。本来であればもう少し均等に分けられるものだろうに、亮と奏の場合はそれに偏りがありすぎた。

だからだろうか、そこはかとない喪失感のようなものを奏はずっと感じていた。

一卵性双生児が皆そうなのか、それとも特殊な生い立ちを持つ亮と奏だからなのか、亮を失うことは奏にとって自分の半身を失うようなものだった。

「だから亮を殺した時、俺はほっとしたと同時に、自分の半身、いや、自分自身を殺してしまったように感じたんだ。だからあの時、亮は最後にあんな目をしたんだ。俺を哀れむような目を。そして亮はこう言ってたんだ。『なんでお前はお前を殺すんだ？』って。あの時殺したのは亮だったのか？　それとも俺だったのか、今でも時々分からなくなるんだ」

奏は自分の頭を掻き毟《むし》った。

「奏」

夏奈は初めて奏の名前を呼んだ。

「あなたは奏よ、亮じゃない。私には分かる。あなたは心の優しい奏よ。あなたと亮は二人で一人じゃない。この世に生まれ落ちた時から、亮と奏は別々の個性を持った一人の人間よ」

「夏奈……」

「もし一人を寂しく思うのなら、私がいる、奏。あなたには私がいる。これからは私があなたの半身になってあげる。そして同じようにあなたも私の半身になって」

奏は夏奈の胸に顔をうずめた。

「なんか俺が夏奈を慰めるはずだったのに」

夏奈はいいのよ、と言うようにそっと奏に触れた。

奏の話を聞いているうちに、いつの間にか夏奈の中で騙されていたことへの憤りは〝赦し〟という静かなものに変化していった。それは夏奈自身驚くほど、すんなりと受け入れられるものだった。奏の真摯な告白がそうさせたのかもしれない。

奏も亮の被害者、いや亮でさえも被害者だったのかもしれない。もし彼らがどこにでもあるような一般の家庭で育っていたら、犯罪に手を染めることはなかったかもしれないし、亮だって少し乱暴な子ども、その程度だったかもしれない。二人をそうさせたのは、責任を追及しようのない社会の歪みという漠然としたものなのではないか。

そう考えると、蒲田も何かしらの被害者なのかもしれない。蒲田の過去の話は全て作り話だったが、そこに何か大きな原因があってもおかしくはない。

でも今、蒲田のことまで考える余裕はまだ夏奈にはなかった。

「夏奈の心臓の音が聞こえる」

奏は夏奈の胸に耳をあて目を閉じる。そんな奏の頭を夏奈は優しく撫でた。

「うん」

窓が光って車内が明るくなる。

列車がトンネルを抜けたのだ。

約一週間ぶりの家はずいぶん長い間留守にしていたような、それでいてつい今しがた近所のスーパーに行って帰って来たような、そんな不思議な感覚だった。

奏と夏奈はどちらからともなく倉庫へ向かった。

冷凍庫が低い唸り声を上げている。

奏が冷凍庫を開ける。

髪とまつ毛に霜が降り、白く凍った亮がそこに眠っている。

「これで亮は本当に存在しない人間になったんだ。戸籍のない俺たちは法律上、存在しない人間だからね。生きていても死んでも何も変わらない、まるで透明人間だ。もし俺が自首したら、どうなるのかな？　社会的に存在しない俺が同じく存在しない亮を殺した。それって犯罪になるのかな？　普通の人と同じように裁かれるのかな？　それとも囚人って番号で呼ばれるわけだろ、いきなり俺は囚人番号〇〇番とかでこの世に出現するのかな？　もしそうならなんか勝手だよな。戸籍がないだけでそれまでは普通の人と同じ扱いを受けてこられなかったのに、犯罪を犯したとたん同じ扱いを受けるなんて。でももしかしたら罪に問われないなんてこともあるのかな？　夏奈どう思う？」

夏奈は何も答えることができなかった。ただ黙って奏を抱きしめた。

「ねえ夏奈、この亮、どうしようか。どこかに埋める？」

「私は仏間の下に埋めようと思ってたんだけど……」

でももう二人目の亮を殺さなくてもよくなったのだ。急ぐ必要はない。

「おいおいでいいんじゃない？」

「そうだね」

奏は冷凍庫を閉めた。

「そう言えば、前に冷凍ナイフを持って冷凍庫の亮を覗いていたことがあったけど、あの時は何してたの？」

夏奈はてっきり自分も亮を食べさせられているのだと思っていた。しかし今となっては、あれは勘違いだったのだろう。

「ん〜、そんなことあったっけ。あ、もしかしてそれ冷凍ナイフじゃなくて霜取りのヘラじゃない？　この冷凍庫古いから霜がつきやすいんだよ。時々取ってあげないと、冷えが悪くなったり電気代が余計にかかるからさ」

そうだったのか。

なんだかおかしくなって、夏奈はふふと笑った。

それから数日して孔雀の家の窓が開いているのが見えた。夏奈が庭先から中を覗いていると、「夏奈さん」と思ってもない方向から声をかけられた。

二階の窓から孔雀が見下ろしている。

「旅行から戻られたんですね」

「後でお土産持って行ってあげるわよ」

孔雀はニッコリ笑うと顔を引っ込めた。

孔雀からもらったお香はエキゾチックな香りがした。

「何この匂い」

仕事から帰ってきた奏は鼻をヒクつかせる。

「お隣さんからもらったの」

「帰ってきたんだ」

小さなゾウのお香立てを奏は手に取った。

「あのさ」奏はゾウを手の平で転がす。

「あの人、俺と亮が別人だって気づいてたんだよね」

え？　と夏奈が顔を上げると、奏はうん、と頷いた。

「なんでそんなことしてるんだって、声をかけられたのがきっかけで、それで時々あの人と話すようになったんだ」

さすが作家だ。人間観察が鋭い。これからずっと奏しかいないのが分かると、亮を殺したことがバレやしないかと心配になった。

「大丈夫、俺がうまく言っとくから、夏奈はそのまま何にも知らないふりをしといて」

奏はゾウの背中を指先で撫でた。

それからの毎日は、まるで陽《ひ》だまりのような穏やかで優しい日々だった。たった一つ、倉庫の冷凍庫に亮の死体が眠っていることを除いては。

その日、夕食を取りながら何気なくテレビをつけると、蒲田の事件を取り扱った特別番組がやっていた。

蒲田の生い立ちを年表にしたものを指差しながら、司会者が早口で喋《しゃべ》っている。

夏奈はすぐにテレビを消した。本人以外の口から語られる過去に、いったい何を見出そうとしているのか。

煮込みハンバーグをお箸で器用に四等分する奏に、夏奈は尋ねる。

「ねえ、奏はなぜ蒲田さんに私の作ったお弁当を食べさせたりしたの？　私が……亮の肉をお弁当に入れてたのは知ってたんでしょ？　蒲田さんの犯罪に薄々気づいて、罰でも与えようと思ったの？」

「ううん、違う。あの時はまだ蒲田が犯罪者とは知らなかったし」

「じゃなぜあんな酷いことしたの？　わざとでしょ、蒲田さんに食べさせたの」

奏は箸を止めた。どこか一点を見つめている。

「あの時は蒲田のあの天真爛漫《てんしんらんまん》さが憎たらしかった。恵まれた環境に生まれ育って、子どもじゃあるまいし、ちっとも汚れてない蒲田を少しでも汚してやりたかった。でも結局は、蒲田は俺が思うような人間じゃ全然なかったわけだけど」

ミカエル亮である奏がそんなことを言うとは意外だった。が、それは奏の憎しみではなく、哀しみがそう言わせているのかも知れない。そもそも憎しみと哀しみはとても近いものなのかも知れない。

「蒲田さんを家に連れてきた時のことだけど、あの時、本当に蒲田さんの方から私に会いたいって言ってきたの？」

「そうだよ、なんで？」

「奏が良心の呵責《かしゃく》に耐えかねて、自分がお弁当を食べていないことを告白したかったのかと思って」

ははっ、と奏はばつが悪そうに笑った。

蒲田はなぜ、わざわざ自分に礼を言いに来たのだろう？　次の獲物の物色か？　職場の人間の家族を？　そうは思えない。聞いてみたくても、もうできない。

夏奈は今、世間で〝殺人鬼〟と騒がれている蒲田の人間らしい断片を、そこに見た気がした。もしかしたら蒲田の心の琴線に触れる何かがあったのかもしれない。

奏が言っていた、蒲田のロッカーに貼られていた聖母マリア像の話と、蒲田があの夜、自分に話して聞かせた思い出話。蒲田は全部嘘だと言ったが、教会の話だけは本当だったのかも知れない。賛美歌にしては哀しい音色だった。

「ねぇ、奏のお母さんは結局見つかってないの？」

「うん……、出て行ったまま行方は分かってない」

夏奈も片親だが、夏奈の母は夏奈を捨てたりなど絶対にしない。

「奏、私たちちゃんと結婚しよう、奏の戸籍を取ろう」

奏は頭を縦に振らなかった。

時々奏は倉庫に入って行って、長い間出てこないことがあった。

そう簡単に全てを割り切れるはずがない。

自分だけそんなに幸せになっていいのだろうか？　夏奈には奏がそんなふうに思っているように見えた。

「奏」

夏奈は体を乗り出して、奏の口元についたソースを手で拭った。

秋も深まり庭先に霜が降りるようになった頃、夏奈は妊娠した。

突然の吐き気に襲われトイレで嘔吐しようとするが、何も出てこない。

「夏奈、大丈夫？」

奏が心配そうに夏奈の背中をさする。昨夜食べた何かが悪かったのだろうか？　体は熱っぽくないし体調はすこぶるいい。

吐き気はすぐに収まった。が、台所でご飯の炊ける匂いを嗅いだ時、またトイレに走った。

やはり何も出てこない。涙目でトイレにしがみついている時、夏奈は生理がずっと遅れていることを思い出した。

「もしかして夏奈、妊娠した？」

背後で奏が聞いた。

仕事へ行く途中薬局で妊娠検査薬を買い、昼休みにこっそりトイレで使ってみた。結果は陽性だった。すぐに奏に連絡しようと思ったが、思い止まる。

仕事帰りにまだ開いている婦人科に立ち寄った。医師から告げられた結果は、検査薬と同じものだった。

その日、夏奈より遅く帰ってきた奏にそのことを告げると、奏は真剣な顔をして夏奈の手を取った。

「夏奈、結婚しよう。俺、戸籍を取る、そしてもっとちゃんとした職につくよ」

夏奈は何度も小さく頷いた。

まず二人が向かったのは法務局の相談窓口だった。奏の場合、母親がどこにいるか分からず、奏自身、母親の元夫を父親としたくないため、戸籍取得は難しいと言われた。

「お父さんをお父さんにしたくないの？」

奏の父親を父とすれば、奏の戸籍取得はそれほど難しくはないようだった。

「ごめん、夏奈。母の意志を継いであげたいんだ」

奏は申し訳なさそうに、そう答えた。

自分たちを残し失踪した母親だったが、父から子どもを守ろうと必死だったのは事実だと、だから母のその想いをないがしろにしたくないのだと、奏は言った。

父親が欲しくてもいない夏奈と、父親がいるのにいらない奏。

夏奈は複雑な心境だったが、奏が母の想いを大切にしたいように、夏奈も奏の想いを大切にしてあげたいと思った。

気落ちする二人に同情した法務局の係の人は、弁護士に相談するのがいいと、弁護士事務所のリストをくれた。

休みの日を使い二人は弁護士事務所を訪れた。ホームページに載っていた笑顔の写真と同じ人とは思えない、怖い顔をした弁護士は、戸籍取得はできるが裁判を起こさなければいけない、と威圧的に二人に伝えた。それも手続きが複雑で、それにかかる費用はとても二人に払えるようなものではなかった。後から知ったことだが、弁護士費用等を立替える民事法律扶助制度というものがあるらしいが、弁護士はそのことについては何も教えてくれず、二人は追い払われるようにして弁護士事務所をあとにした。

他の弁護士事務所も似たり寄ったりだった。もらったリストの最後に残った弁護士事務所は、ホームページもない小さな事務所だった。

今まで行った弁護士事務所は、二人が萎縮するような立派な佇まいだったのに比べ、その事務所は逆に、ここで大丈夫なのだろうかと思わせるような、古い小さな事務所だった。

しかしそこから出てきたのは、今までの威圧的な弁護士とは違い、優しそうな薄い白髪の老弁護士だった。

他に人がいないのか、老弁護士は自らお茶を入れ、小さな温泉まんじゅうを二人に出した。

奏が一通りの話をすると、老弁護士は「まあ、食べて食べて、これ美味しいんだよ」と黒い温泉まんじゅうを二人に勧めた。

夏奈は温泉まんじゅうを口に入れようとして、また突然の吐き気に襲われた。奏が慌ててトイレの場所を聞く。

二人がトイレから戻ってくると、老弁護士は「何ヶ月かね？」と目を細めた。「三ヶ月です」と夏奈が答えると「そうか、そうか」と微笑んだ。まるで昔テレビで見た黄門様のようだった。

「戸籍がなくても、結婚するのはそう難しいことじゃないよ」

そう言うと、老弁護士は奏にもう一つ温泉まんじゅうを手渡した。

夏奈の姓を奏が名乗ることになるが、いくつかの書類が揃《そろ》えば弁護士に頼まなくとも、二人で手続きができる範囲で結婚は受理されるとのことだった。他の弁護士たちは、夏奈が奏の横にいても夏奈のことや、これからのことを聞く人は誰もいなかった。

そもそも戸籍取得にこだわった一番の理由は結婚するためだ。

二人は何度も老弁護士に頭を下げ、傾いた木造の階段を軋《きし》ませながら降りた。

必要な書類の一つ、奏と母親の母子関係を証明するものを準備するのが、少し大変だった。出生証明書か母子手帳、または母子共に写っている写真などがそれだった。

母子手帳と言われても母親は行方不明、自分がどこの病院で生まれたかなど分からない奏が用意できたものは、一枚の写真だった。

どこかの遊園地で撮られたその古い写真には、どこか二人に似た母親と幼い奏、そして亮が写っていた。

「こうやって見ると、本当に二人ともそっくりで、どっちがどっちか全然分からないね」

写真は陽に焼け、ところどころテープで補強されている。

「どっちが奏？　こっち？」

夏奈は溶けかかったソフトクリームをもっている方を指差した。

「さぁ」

「さぁって？」

「俺にもどっちが俺か分かんない」

奏は困ったように笑った。

二人は肩を寄せ合い一枚の紙を覗き込む。

婚姻届受理証明書と書かれた下に、夫の欄に奏の名前、妻の欄に夏奈の名前がある。

「ごめんね、戸籍がちゃんと取れなくて。それに早くもっと安定した職にもつかなきゃだし——」

夏奈は奏の口を手で塞いだ。

「それ以上言わないの」

夏奈は婚姻届受理証明書を掲げた。

「これで十分だよ。幸せすぎると逆に不安になっちゃうから、ちょっと何か足りないくらいがいいんだよ、それが一番幸せなんだよ、それに……」

倉庫の隅にひっそりと置かれた冷凍庫が脳裏をよぎる。

「夏奈……」

奏が夏奈の肩にそっと手を置いた。

その日、シュークリームと焼き豚チャーハンで、二人はお祝いをした。

「せめて今度写真だけでも撮ってもらおうか？　俺、夏奈のウエディングドレス姿見てみたいし」

「いいよ、高そうだし」

「それぐらいは俺が出すよ、少しは男の甲斐性《かいしょう》を出させてよ、仕事のシフトを増やすからさ」

「写真を撮るお金の分、奏が私と一緒にいてくれた方が嬉しい」

夏奈は二つのシュークリームに小さなキャンドルを一本ずつ立てると、部屋の灯りを消した。

二本の小さなキャンドルの灯りは頼りなかった。まるで奏と自分のようだと夏奈は思った。


電話で母に妊娠を知らせた。なんでもっと早く連絡してこなかったのかと、叱られた。

「だってお母さん、何度も電話したよ」

で、繋がらなかったのだ。今日、家の電話にかけてみてやっと繋がったのだ。

『ごめん、ごめん、最近仕事が猛烈に忙しかったのよ』

母が電話口でペロリと舌を出す姿が目に浮かぶ。

それからほどなくして、一本の電話がかかってきた。ウエディングフォトを専門とするフォトスタジオからだった。

撮影の詳細を打ち合わせしたいとのことで、料金はすでに夏奈の母親の名前で支払われていた。

「あなた達、披露宴も式も何もしなかったじゃない。子どももできるんだったら、写真の一枚くらいあった方がいいでしょ」

　奏の戸籍のことを何も知らない母は、以前の夏奈と同じように、とっくの昔に夏奈と奏は結婚しているものだと思っている。実は最近したのだとも言えず、それを言う必要もなく、それなのにこんなにもしてくれる母に申し訳なくもあり、同時にその優しさが身にしみた。


　撮影が終わった次の日、紙袋をいくつも抱えた夏奈の母親がやって来た。袋の中身は全てベビー用品だった。

「まだ男か女か分からないだろうから、どっちでも使えるようなのにしといたわよ」

　黄色や薄い黄緑色の、男女どちらにでも使えるベビー服や小物がたくさん入っていた。

　あまりこういうことはしない母だと思っていたが、さすがに初孫ができるのは嬉しいのだろう。

　さらに母はベビー用品だけではなく、奏に仕事も持って来た。

「まあ、まだまだこれからの会社だけど、社長も若くて、信用できる人間だったら学歴や経歴は問わないっていう方針だから、どうかなって思ったんだけど」

「ありがとうございます！」

奏は深々と頭を下げた。

「私は優秀だったから一人でやれたけど、夏奈は夫の甲斐性がないと子育ては無理だからね」

一言余計だ。夏奈は口を尖《とが》らせたが、心の中は母への感謝の気持ちでいっぱいだった。

夏奈の妊娠が分かってから、母はちょくちょく夏奈の様子を見に来るようになった。

母が来るようになって一つだけ困ったことがあった。

奏の呼び名だ。

それまでは〝亮〟と呼んでいたものを、奏だと分かってから夏奈は〝奏〟と呼んでいる。母につくいい嘘が思い浮かばず、とりあえず良い言い訳が決まるまで母の前では奏を亮と呼ぶことにした。


幸せすぎるほど幸せだった。

そして今の光に包まれたような幸せが輝けば輝くほど、夏奈の心の隅にある黒い点が、じわじわと膨らんでくるような気がした。

臨月ぎりぎりまで働くつもりの夏奈は、毎日仕事と子育てについての勉強で忙しかった。奏は母が紹介してくれた会社に勤めるようになって、以前より早く家を出て、帰りも遅くなった。その分夏奈の家事の負担は増えた。

それでもシフトが不規則だった前職に比べ、土日休みになった分、夏奈と奏が一緒に過ごす時間は以前より増えた。


毎日時間に追われるように過ごした。一息つけるのは、布団に横たわり部屋の灯りを消す瞬間だけだった。

だがそのとたん、目の前に広がる暗闇がすっと夏奈の上に降りてくる。その重みは日に日に増すようだった。やっと寝入ったのに、息苦しさで起きることもあった。

奏は新しい職場で肉体的にも精神的にも疲れ果てているのか、ピクリとも体を動かさず熟睡している。夏奈も同じく疲れているはずなのに、闇を追い払おうとすればするほど、それは夏奈の体の奥深くに這いずり込んでくるようだった。

夢を見るようになった。亮の夢だった。夏奈を激しく叱責し、暴力を振るう亮。そして最後はそれにたまりかねた夏奈が亮の首に電気コードを巻きつける。

そこで目が覚める。全身びっしょりと汗をかいている。汗をタオルで拭き、服を着替える夏奈はどこからともなく視線を感じた。乾いた肌にまたじわりと汗が吹き出した。


こんな夢も見た。冷凍庫で死んでいる亮が這いずり出てくる夢だ。体半分の肉をそぎ落とされた亮が『ナナ、ナナ』と手を伸ばす。

自分の悲鳴で目を覚ます。呼吸が乱れ、体が熱い。ひたりと夏奈のすぐ横に冷気が寄りそっている。冷凍庫の蓋を開けた時に感じた、あの冷気だ。

亮だ。亮が隣にいる。

「夏奈」

奏がゆっくりと体を起こした。

「奏……」

「どうした？　眠れない？」

「亮の夢を見るの、冷凍庫から亮が出てくる」

奏は夏奈の体をそっと横たわらせると、すっぽりと夏奈を包み込むように抱き締めた。

亮を家の敷地以外のどこかに埋めよう、それか引っ越しをしよう。

そう提案したのは奏だった。

「埋めるのは俺が全部一人でするから」

奏はそう言うが、亮を敷地の外に運び出し埋めるのは、リスクが高すぎる。もし誰かに見られたら、もし何かの拍子で発見されたりなんかしたら。

奏を失いたくない、今の幸せを失いたくない。

夏奈は膨らんできたお腹をさする。

不安で仕方なかった。

「引っ越ししたい」

分かった、と奏は夏奈の手の上に自分の手を重ねた。

死体があるこの家を誰かに貸すわけにもいかず、それについてはおいおい考えることにした。

今は夏奈が無事出産を迎えるために、夏奈の精神状態を安定させることが最優先された。

新しい引っ越し先はすぐに見つかった。奏の職場から三駅、今の家から四十分ほどのところだった。1LDKのアパートに一軒家の荷物を全て詰め込むことはできず、必要なものだけを厳選して持って行くことになった。

いつでも戻って来られると分かっていても、祖父との思い出の残るこの家を離れるのは少し寂しい気がした。

それと同時に亮と過ごした禍々《まがまが》しい時間、また冷凍庫に亮の死体があることを考えると、今すぐにでもここから逃げ出したい気持ちにかられもした。

そして今は後者の気持ちの方が強かった。

引っ越しの前日、夏奈は孔雀のところへ挨拶に行った。孔雀に会うのはタイ旅行のお土産を貰《もら》って以来だった。

夏奈が引っ越すことを知ると、孔雀は遠慮する夏奈の腕を引っ張り家に上がらせた。変わった味の和菓子と温かい麦茶を出される。

「赤ちゃんが生まれたら見せに来てね」

孔雀が微笑むとシワの中に目が埋没した。そんな孔雀はただの変わり者の初老のお婆さんだ。夏奈でさえ分からなかった、亮と奏の存在に気づくような観察眼が鋭い人にはとても見えない。

奏は夏奈に何も知らないふりをしろと言ったが、夏奈はどうしても孔雀に聞いてみたかった。いつから、どうやって孔雀は亮と奏の存在に気づいたのか。

「なに？　なにか私に聞きたいことでもある？」

「え？」

「いや、そんな顔してるから」

なんて鋭い人なんだ、さすがだ。まるで自分の心が全て読まれているような気がしてくる。まだ一度も孔雀の本は読んだことがないが、今度読んでみよう。

「それで、なにが聞きたいの？」

孔雀は夏奈を急《せ》かせる。シワに埋没していた目が光る。

「あの……、いつから気づいていたんですか？」

「なにを？」

「二人いるってことを」

「あら、気づいたのね、いつから？」

夏奈が投げた質問と同じ質問が返ってくる。

さすがに亮を殺した後だとは言えず、「最近です」とだけ答えた。

「なるほど、それで一人を選んだわけね。どうりで最近片方しか見ないわけだ」

もしかしたら孔雀は全てを見抜いているかもしれない、という不安が頭をもたげる。油断できない。

「にしても二人ともあなたに残酷なことをするもんよねぇ、いくら事情が事情でも」

孔雀は亮と奏の生い立ちも知っているようだった。

「どうやって二人が別人だということに気づいたんですか？」

夏奈の質問をすっかり忘れているような孔雀に再度問いただす。

「時々話の辻褄《つじつま》が合わないことがあったからよ。二人とも夏奈さんの前では完璧に演じたかも知れないけど、お隣さんまでは気が回らなかったみたいね。最初はあれ？ って思っただけだったけどね。ほら私って作家でしょ？ もし二人が別人だったらって仮説を立ててみたの。そうしたらすべての辻褄が合ったのよ」

今の夏奈だったら亮と奏がまるで違う人物だと分かる。でも、なぜ自分はそれに気づけなかったのだろうか。もし孔雀のように前から気づいていたら、亮を殺すこともなかったかもしれない。

今さら後悔しても仕方ないが、自分の不甲斐なさが悔やまれる。

「夏奈さん、自分を責めなくてもいいわよ。特に夫婦なんてね、誰よりも相手を分かっているつもりで、全く分かっていないものなのよ。分かっていると思うその思い込みが、ますます真実を分からなくさせるの」

いつの間にか孔雀は夏奈の横に座っていた。

「今は、お腹の子を無事産むことだけを考えなさい」

孔雀の言葉が心に染みた。今まで決して好きではなかった孔雀だが、いざこうしてもう顔を合わせることもあまりなくなるのだと思うと、急に寂しさを感じた。

「赤ちゃん生まれたら、必ず見せに来ますね」

夏奈は言った。

帰り際、孔雀は変わった味のする和菓子を、旦那さんにと言って夏奈に持たせた。

「この和菓子、彼好きだから」

夏奈はぺこりと頭を下げる。

「ところで、今奏くんは何をしてるの？」

夏奈は首を傾げながら顔を上げた。

「奏はうちにいますよ？」

「あらやだ、あれは亮くんでしょ？」

「奏ですよ」

孔雀は顔を一瞬曇らせた。

「まあ、じゃあ、そういうことにしておきましょうか」

「そういうことってなんですか、あれは奏です」

つい強い口調になった。

「そ、そうよね、夏奈さんがそう言うのだったら奏くんよね。やだ、私ボケてきちゃったかしら」

孔雀は引きつった笑いを見せた。

夏奈はお腹を支えながら再度深くお辞儀をすると、孔雀の家を出た。

孔雀はなんで奏を亮だなんて言うのだ。どう見ても奏はデーモンではなくミカエルではないか。


その夜、奏にそのことを話すと、あはは、と奏は笑った。

「きっと元々名前を間違えて覚えているんだよ。俺を亮で亮が奏だってさ」

なるほど、と夏奈は納得した。さすがは奏だ。

引っ越しが決まってから、亮はあまり夢に出てこなくなった。きっと新しい家に引っ越したら、もっと見なくなるはずだ。

新しい生活のことを考えると久しぶりに胸が躍った。

引っ越しの当日、少しでもお金を節約しようと、奏は一台のバンを借りた。お腹が重くなってきた夏奈の代わりに、奏がほとんどの荷物を運んだ。

『キッチン用品』と書かれたダンボール箱をバンの荷台に載せる。

「これで最後だよね？」

奏は腕で額の汗を拭った。

「うん、でももう一度確認してくるね」

夏奈はぐるりと家の中を見て回る。居間、台所、寝室、仏間で祖父母の位牌に手を合わせる。

線香を焚《た》くと、閉め切った部屋はあっという間に煙が充満した。

ナナハ、ダマサレテイル。


どこからともなく声が聞こえたような気がした。低い掠れた声だった。

驚いて顔を上げた夏奈は、線香の煙でけぶった部屋を見回す。

仏間の外からだ。声がした方に行ってみる。呼び寄せられるように靴も履かず裸足のまま玄関を出た。そして体は自然と冷凍庫のある倉庫の方へ。

「夏奈」

奏に腕を摑まれる。

「どこ行くの」

夏奈は倉庫を指さした。

「声がしたの」

奏は夏奈が裸足なのに気付くと露骨に顔をしかめた。

「行こう」

「だって奏」

奏は夏奈を抱きかかえると、バンの助手席に座らせた。玄関で夏奈の靴を拾いピシヤリと引き戸を閉めると鍵をかける。

「家の鍵は俺が持っとくから」

　エンジン音と共に、ブルンと車体を揺らしバンは走り出した。

「あ、待って家にちゃんとサヨナラを……」

　夏奈は窓から身を乗り出した。

　祖父の家が小さくなっていく。

「夏奈、しっかりしろよ」

　前を向いたまま奏は怒ったような声で言った。

「だって奏」

「声がしたなんてそんなわけないだろ、考えたら分かることだろ」

　赤信号で車を停《と》めると、奏はハンドルに顔をうずめた。

「夏奈、俺たちは亮から解放されないといけないんだ。二人でこれから新しい人生を生きるんだ。だからしっかりしてくれ」

　それはいつもきぜんとしている奏の初めて見る姿だった。

　大きなクラクションの音がした。信号が青に変わっても動かない夏奈たちのバンに、後続車が鳴らしたものだった。

奏は顔を上げるとバンを発進させた。その横顔はひどく疲れて見えた。

「ごめんね奏、変なこと言っちゃって、私大丈夫だから」

「じゃあ、これからは未来のことしか考えないって誓う?」

「うん、誓う」

奏の横顔が笑った。

でも本当にこれでいいのだろうか。本当にこのまま自分たちは幸せになれるのだろうか。なってていいのだろうか。

「夏奈」

奏はバンを道の端に寄せて停車させると、ハザードボタンを押した。シートベルトを外すと体ごと夏奈に向き合う。

「夏奈、俺たちが亮のことを忘れることなんてできやしないし、忘れてはいけない。犯した罪は一生背負っていくことになると思う。でもその重荷に潰されないようにしよう。俺たちのためじゃない、これから生まれてくる俺たちの子どものために」

本当は奏だってずっと前から思っていたはずだ。全てを告白し罪を償った方が楽になれると。

ただそれが、一日一日、もう少しだけ今の幸せな時間をと、先延ばしにしているうちに、引き返せないところまで来てしまった。

捨てることのできない荷を背負ったまま歩いて行くしかないのだ。

夏奈は自分のお腹に手を当てた。この子を殺人犯の子にはしたくない。それ以外だったらどんな罰でも受ける。

奏の言うように自分は一生、亮を殺した罪を背負って生きていくことになる。

それが自分にできる償いなのかも知れない。でもそれだけでいいのか？　償いとはなんだろう？　それ相応の刑を科されること？　そしてその刑期を終えること？　でも形では償っても本当の心の中までは誰にも分からない。

その前に、自分は本当に亮を殺したことを後悔しているのだろうか？　二人が双子で亮と奏が別人だと分かったから、そう思っているだけではないのか？　もし以前のように亮が一人だと信じ、暴力を振るわれ続ける地獄のような毎日を送るしかなかったとしたら。やはり殺すしかなかったと思うのではないだろうか？

世間から何と罵られようが、〝殺すしかなかった〟そう思うのではないだろうか？

改心することが償いならば、どうやったら心の底から改心できるのだろうか？

こうやって悩み、苦しみ続けることが改心に繋がるのだろうか？　それさえも分からない。

そして奏は、自分よりはるかに重い苦しみを背負っているはずだ。

自分は奏の半身になると誓った。だったら奏の苦しみも一緒に背負いたい。誰かの半身になるということは、きっとそういうことなのだ。

窓からどこからともなくクリスマスソングが聞こえてくる。

「夏奈、体を冷やすとよくないから閉めな」

「うん、でも、もう少しだけ」

夏奈は冷たい風に目を閉じた。

お世辞にも綺麗とは言えない二階建アパートの、一階の角部屋が夏奈たちの新居だった。すぐ横の伸び放題の植木がせり出して、玄関部分に影を落としている。

玄関を開けると意外にも部屋の中は明るかった。窓から差し込む光が部屋全体を照らしている。

窓を開けるとさっきと同じ冷たい風が入ってきた。

荷物を運び込むと、奏は一息つく暇も取らずバンを返しに行くと言う。

「夏奈は少し休んでおきなよ」

冬なのに額に玉のような汗を浮かべる奏。

「奏も少しぐらい休憩したら？　今日ずっと動きっぱなしじゃない」

「五時までにバンを返したらその分割安になるから」

奏は着ているTシャツで汗を拭った。グレーのTシャツは汗で模様ができている。

「じゃ、行ってくる」

奏は屈《かが》むと夏奈の唇に軽く唇を合わせた。

塩っからい味のするキスだった。

「奏」

バンに乗り込もうとする奏を夏奈は呼び止めた。

「気をつけてね」

奏は笑顔で夏奈に手を振った。

部屋に戻ると、夏奈はすぐに使いそうなものから荷ほどきを始めた。台所用品や寝具などを次々にダンボール箱から出していく。

「そうだ、奏の明日の仕事着も出してハンガーにかけておかなきゃ」

夏奈は『奏』と書かれたダンボール箱を開ける。ダンボール箱は三つあって、それぞれ奏一、奏二、奏三と書かれていた。

「服はどれだ、どれだ？」

夏奈は奏一と書かれたダンボール箱を開ける。中には統一性のない小物が雑然と詰め込まれていた。

その中に、見覚えのある箱が入っていた。

古いブリキの菓子箱。中にはコンビーフ缶の鍵がぎっしりと入っていた。

最後にこれを見たのは亮が生きていた頃だったが、あの時はまだ箱の半分くらいしかなかったはずだ。


『あらやだ、あれは亮くんでしょ？』

孔雀の言葉が蘇る。


夏奈は明らかに最近足されたと思われる、真新しい小さな鍵を手に取る。

「まさか……ね」

きっとこれは奏が亮の形見に取っておいたものに違いない。亮の趣味をそのまま奏が引き継いであげているのだ。優しい奏のやりそうなことではないか。

さっき夏奈に見せたあの笑顔。あれが亮であるはずがないじゃないか。

窓の外で雀《すずめ》の鳴き声が聞こえた。眩しい日差しが部屋に入ってくる。

これからここで新しい生活が始まる。もう少ししたら、ここで赤ちゃんをあやす自分がいて、目を細めてそれを眺める奏がいる。

あそこで、あの冷凍庫の中で眠っているのは亮だ。


ナナハ、ダマサレテイル。


窓の外から声が聞こえたような気がした。

夏奈は窓に駆け寄った。


ナナハ、ダマサレテイル。


今度は床下から聞こえた。

夏奈は両耳を手で塞いだ。

しっかりしろ、夏奈。亮は死んだ。あの冷凍庫の中で眠っている。奏は亮じゃない。

自分はもう騙されてなんかいない。孔雀は間違っている。自分の中にある罪の意識がこんな幻聴を聞かせているのだ。でももし冷凍庫にいるのが亮でなくて奏だったら？

夏奈はブリキの箱を閉めるとダンボール箱へ戻す。見慣れない女物のハンカチが目についた。何か長細い物を包んだそのハンカチを手に取る。

中にはこけしの頭と胴が入っていた。庭先に埋めたあのこけしだった。

夏奈はこけしを抱きしめた。

やはりあれは奏だ。こんなことをするのは奏しかいない。

玄関の扉が開く音がした。

「ただいま夏奈」

廊下の軋む音がして奏が顔を出した。奏は夏奈の胸の中にあるこけしに目を落とした。

「夏奈、それ……」

奏は夏奈に歩み寄るとこけしを手に取った。

「これ持って来てくれたんだね」

「うん、そうだけど、夏奈、このこけしを掘り返したのは亮だよ」

浮気相手の女の私物でこけしを包むなんて、なんとも亮らしい。

夏奈は女物のハンカチを握りしめた。

「奏、私たち本当にこれでいいの？」

奏はこけしを手にしたまま曖昧に微笑んだ。でもやがてしっかりとした口調で言った。

「いいんだよ、夏奈」


その年は新居に夏奈の母親がやって来て、三人で元旦を迎えた。

母はおせち料理を作った奏の腕に感心し「いい婿をもらったわねぇ」と繰り返した。

相変わらず仕事が忙しいようで、夕方には母は帰り支度を始めた。駅までの道のりを夏奈は母と二人並んで歩く。

「ねぇ夏奈、ちょっとあそこ寄ってかない？」

母はファストフード店を指差した。

元日だというのに店は普段より客で賑《にぎ》わっていた。日本人の習慣も変わってしまったものだ。

母はコーヒーを、夏奈はオレンジジュースを注文し、窓際の席に座る。

亮さんのあの料理の作り方を今度教えて欲しいとか、出産前に髪を切っておいた方がいいだとか、どうでもいいような話ばかりする母に夏奈は切り出した。

「で、なんの話？　亮の前では話しにくい事なんでしょ」

「あー、そうねぇ」

母はそろりとコーヒーを口に含む。

「亮さんって双子でしょ」

夏奈は口をつけようとしたオレンジジュースを思わずこぼしそうになる。

母は以前街で亮と奏が一緒にいるところを見かけたのだと言った。

「夏奈、あなたはもっと普通の子だと思ってた。さすが我が娘というか、ずいぶん大胆なのね、双子の両方を手玉に取るなんて」

母がそんなところまで知っていることに夏奈は心底驚いた。

「でもね、一時期あなたとても辛そうにしてて、不幸オーラ出しまくってたから、だからお母さん……」

母は言葉を濁した。

「だから、前に電話した時も大丈夫？　って聞いたんだけど、カフェではあなたは幸せだって言うから……ずっと心配だったのよ、でも今は本当に幸せそうだから安心した」

　母はいつでも夏奈のことを心配してくれていたのだ。そんな母にたくさんの嘘をついていることが申し訳ない。結局蒲田のこともまだ母に話していない。

「お母さん、私ね、ずっと知らなかったんだ、亮が双子だってこと」

　夏奈は亮と奏がずっと一人の亮として入れ替わっていたこと、最近になってそれを知ったことを母に話した。

「あいつ、そんな大嘘を私の娘に！」

　立ち上がった母を引っ張る。

「いいのお母さん、私は今幸せだからそれでいいの」

　母は納得していないようだったが、渋々椅子に腰を下ろした。

「あとねお母さん、今一緒にいるのは兄の亮じゃなくて、弟の奏っていう方なの」

　ズキンと頭が痛んだ。


　新居の押入れの中にあるずっしり重いブリキの菓子箱。中には亮が集めていたコンビーフ缶の鍵が詰まっている。

『あらやだ、あれは亮くんでしょ？』

孔雀の言葉。

ナナハ、ダマサレテイル。

「夏奈！」

夏奈はテーブルに突っ伏した。

「気分悪いの？　トイレ行く？」

夏奈はイヤイヤと頭を振った。

「あれは奏、絶対に奏なの、亮じゃない、デーモン亮なんかじゃない、それに奏が自分は奏だって言うんだもん、奏が私に嘘つくはずないもん。お母さんそうよね、あれは奏だよね」

母は店員に向かって手を上げ、水とおしぼりを持って来させた。

「何があったの？　夏奈」

母に冷凍庫に眠っている死体のことを話すわけにはいかない。

母は静かにため息をついた。

「あなたは彼を信じられないの？」

夏奈は顔を上げた。

「何があったか知らないけど、少なくとも今日、彼と一緒にいるあなたはとても幸せそうに見えた。その彼が言うことをあなたは信じられないの？　もし夏奈のいい思い出の中の彼と今の彼が同じじゃなかったらなんて、そんな心配する必要あることなのかな。思い出は思い出で、双子のどっちだったかなんてどうでもいいじゃない。大切なのは今とこれからでしょ。夏奈、あなたが愛してるのは誰？　過去の彼？　それとも今、目の前で夏奈を愛してくれる彼？」

母は夏奈の乱れた前髪を整えた。

「今、この瞬間の愛を大事にしなさい。過去を振り返るのは、後になってからでいいの。お母さんのように、思い出だけで生きる必要はないの。そして夏奈、これから言うことはとても大切なことだから、よく聞いて。愛するとはね、信じることでもあるのよ。彼は夏奈になんて言った？」

「奏は……」

夏奈の頬に一滴の涙がこぼれた。

奏は『自分は奏だ』と言った。

母はうん、と大きく頷くとニッコリと笑った。

「もう大丈夫ね、夏奈」

「お母さん私、奏を信じる」


店を出るとすっかり冬の長い夜が訪れていた。寒さが身を刺す。母はここでいいと言ったが駅まで見送る。

「実はね、お母さん探偵事務所を使って二人のことを調べさせたの」

夏奈は足を止めて母を見た。

「さっき言った、街で二人を見かけて双子だと知ったっていうのは嘘なの。ここ一年半くらい夏奈の結婚生活が上手くいっているように見えなかったから、旦那が浮気でもしているのかと思って。お節介かと思ったけど、夏奈には内緒でこっそり探偵事務所に頼んだの」

母は肩にかけたバッグからA４サイズの茶封筒を取り出した。

「これがその報告よ。ここに彼らの真実が書いてある」

「お母さんは……、見たの？」

母はしっかりとした眼差しで夏奈を見つめるだけで何も言わない。

「さぁ」

母は夏奈の手を取り封筒を摑ませようとした。

「さっきあなたが知りたがっていた答えがここにある」

夏奈は封筒を手に取ろうとして、その手を握り締めた。

「いらない。見なくていい」

「夏奈……」

「私は奏を信じるって決めたから」

夏奈の強い決意を浮かべた顔を見て、母は嬉しそうに微笑んだ。

「それでこそ我が娘」

それから母と夏奈は生まれてくる子どもの名前をあれこれ考えながら、駅までの道を歩いた。

「ねえ、お母さん」

「なぁに？」

「お母さんは寂しくないの？　さっき、自分は思い出だけで生きてるって……」

そう言った母。母の愛した男は、母が自分の影を追って子どもを産んだことさえも知らない。そんな人生、寂しくはないのだろうか？

「寂しくなんてないわよ。だってお母さん信じてるもの。私たちは人生を一緒に歩むことはできなかったけど、今でもあの人の心はお母さんにあるって。お母さんの心があの人のものであるのと同じようにね。そう、あの人を信じてるの」

母はそう言うと、ベージュのロングコートを颯爽《さっそう》と翻し、改札をくぐって行った。

母は色恋沙汰に関心がないとずっと思っていたが、そうではなかったのだ。関心がないどころか、そんな熱い想いをひとり胸に秘めていたのだ。

夏奈は母がもっと好きになった気がした。

その年の梅雨は長梅雨でテレビでは野菜の値上がりが家計を直撃すると繰り返していた。

夏奈は奏が時々祖父の家に行っていることを知っていた。奏は夏奈には何も言わなかったが、冷凍庫の前にじっと立っている奏の姿が目に浮かんだ。

長かった梅雨がようやく明けようとする頃、夏奈は男の子を産んだ。双子だった。

小学館文庫
好評既刊

余命3000文字

村崎羯諦

ISBN978-4-09-406849-8

「大変申し上げにくいのですが、あなたの余命はあと3000文字きっかりです」ある日、医者から文字数で余命を宣告された男に待ち受ける数奇な運命とは——？（「余命3000文字」）。「妊娠六年目にもなると色々と生活が大変でしょう」母のお腹の中で引きこもり、ちっとも産まれてこようとしない胎児が選んだまさかの選択とは——？（「出産拒否」）。「小説家になろう」発、年間純文学【文芸】ランキング第一位獲得作品が、待望の書籍化。朝読、通勤、就寝前、すき間読書を彩る作品集。泣き、笑い、そしてやってくるどんでん返し。書き下ろしを含む二十六編を収録！

小学館文庫
好評既刊

新入社員、社長になる

秦本幸弥

ISBN978-4-09-406882-5

未だに昭和を引きずる押切製菓のオーナー社長が、なぜか新入社員である都築を社長に抜擢。総務課長の島田はその教育係になってしまった。都築は島田にばかり無茶な仕事を押しつけ、島田は働く気力を失ってしまう。そんな中、ライバル企業が押切製菓の模倣品を発表。会社の売上は激減し、ついには倒産の二文字が。しかし社長の都築はこの大ピンチを驚くべき手段で切り抜け、さらにライバル企業を打倒するべく島田に新たなミッションを与え——。ゴタゴタの人間関係、会社への不信感、全部まとめてスカッと解決！　全サラリーマンに希望を与えるお仕事応援物語！

小学館文庫
好評既刊

セイレーンの懺悔

中山七里

ISBN978-4-09-406795-8

不祥事で番組存続の危機に陥った帝都テレビ「アフタヌーンJAPAN」。配属二年目の朝倉多香美は、里谷太一と起死回生のスクープを狙う。そんな折、葛飾区で女子高生誘拐事件が発生。被害者は東良綾香、身代金は一億円。報道協定の下、警察を尾行した多香美は廃工場で顔を焼かれた綾香の遺体を目撃する。綾香がいじめられていたという証言で浮かぶ少年少女のグループ。主犯格の少女は小学生レイプ事件の犠牲者だった。マスコミは被害者の不幸を娯楽にする怪物《セイレーン》なのか――葛藤の中で多香美が辿り着く衝撃の真実とは。報道のタブーに切り込む緊迫のミステリー。

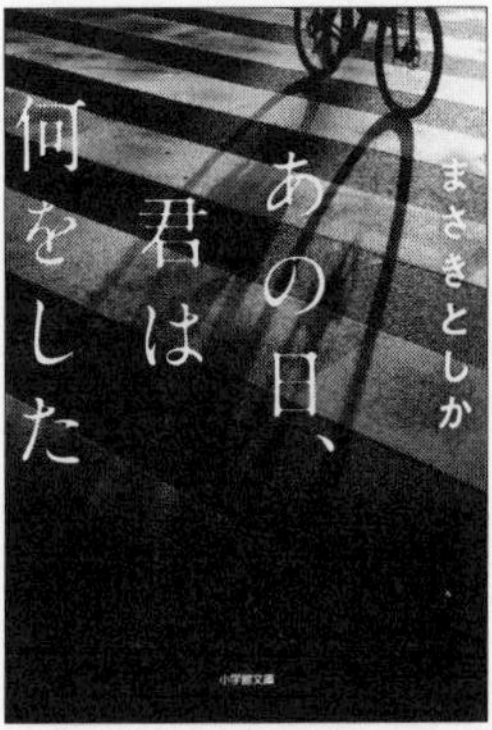

あの日、君は何をした

まさきとしか

ISBN978-4-09-406791-0

北関東の前林市で暮らす主婦の水野いづみ。平凡ながら幸せな彼女の生活は、息子の大樹が連続殺人事件の容疑者に間違われて事故死したことによって、一変する。大樹が深夜に家を抜け出し、自転車に乗っていたのはなぜなのか。十五年後、新宿区で若い女性が殺害され、重要参考人である不倫相手の百井辰彦が行方不明に。無関心な妻の野々子に苛立ちながら、母親の智恵は必死で辰彦を捜し出そうとする。捜査に当たる刑事の三ツ矢は、無関係に見える二つの事件をつなぐ鍵を摑み、衝撃の真実が明らかになる。家族が抱える闇と愛の極致を描く、傑作長編ミステリ。

―――本書のプロフィール―――

本書は、小説投稿サイト「エブリスタ」に掲載された同名作品を加筆・修正したものです。

小学館文庫

私《わたし》の夫《おっと》は冷凍庫《れいとうこ》に眠《ねむ》っている

著者　八月美咲《やづきみさき》

二〇二一年五月十二日　初版第一刷発行

発行人　飯田昌宏
発行所　株式会社 小学館
〒一〇一-八〇〇一
東京都千代田区一ツ橋二-三-一
電話　編集〇三-三二三〇-五九五九
販売〇三-五二八一-三五五五
印刷所 ——— 大日本印刷株式会社

この文庫の詳しい内容はインターネットで24時間ご覧になれます。
小学館公式ホームページ　https://www.shogakukan.co.jp

ISBN978-4-09-407012-5